街の灯ひとつ

一穂ミチ

幻冬舎ルチル文庫

CONTENTS ✦目次✦

街の灯ひとつ

✦イラスト・穂波ゆきね

✦カバーデザイン＝久保宏夏（omochi design）
✦ブックデザイン＝まるか工房

街の灯ひとつ

熱を放つ光が好きじゃない。

触れることもできないそれが肌に当たるとき、何かとても余分なものを押し付けられたような気分でうっと息を詰めそうになる。もちろん、熱が生物に不可欠な要素だと知っている。けれど日光よりは月光が、花火より蛍火《ほたるび》が好きだった。

だからホテルのバンケットの天井から吊《つ》り下がる、細工を凝らした重厚なシャンデリアを見上げて洩《も》らしたため息は決して感嘆じゃない。この煌々《こうこう》とした照明の孕《はら》む熱量を想像して勝手にうっとおしがっていただけだ。

恩師のスピーチも乾杯も、元クラスメートとの相互近況報告もひと通り終わった。卒業十周年記念の同窓会は学年単位で大掛かりに開催されたので四百人近い参加者の中から知った顔を探し当てるのはなかなか難しい。過去と現在、記憶と現状が混ざり合って誰も彼もが知り合いのようにも思え、誰とも言葉を交わしたことがなかったようにも思えた。

そして、十八を境に連絡を取らなくなった同級生との話題もさしてない。どこの大学行ったっけ？　どこ勤めてんの？　今どこ住んでんの？　結婚は？　履歴書レベルのとりとめない情報と携帯のアドレス交換。それの繰り返し。三回目で飽きがきた。あのころ、放課後の教室で、夜中の電話で、いったい延々と何をしゃべっていたのか今となっては見当もつかない。

「柑《かん》どうしてたの？　高校出てから全然連絡取れなかっただろ。携帯つながんなくなったし、卒アル見て実家掛けても引っ越してるしさ」

「落っことして壊れちゃったから機種変した。別に深い意味はなかったんだけど、心機一転的に番号も変えて。ほら、春だったしそういうテンションで」

「分かんねーよ」

あ。笑った顔の、にゅっと頰《ほお》が盛り上がる感じは昔と一緒。へんなことを覚えているものだ。

「ふーん。今はこっち戻ってるんだよな？　柴《しば》ちゃんもよっさんも心配してたんだぜ」

「悪い」

「近いうちまた遊ぼうよ」

「うん」

社会人の「近いうち」は大抵口約束のまま流れてしまうものだから、愛想よく頷《うなず》いておいた。教室移動も昼休みの弁当も一緒だった旧友の顔はふしぎなほど何の感慨ももたらさない。それが時間の作用なのか、自分が単に薄情なのかは分からない。

「そういえば知ってた？　――って今さ、」

「あ、ごめん、喉渇《のどかわ》いたから飲み物取ってくる」

すぐ隣のグループで笑い声が起こったせいで名前の部分を聞き取れなかった。おおかた、よくつるんでいた誰かの近況だろう。面白がる口調だったから訃報《ふほう》じゃないことだけは確かだ。

ドリンクコーナーでビールを受け取り、壁にもたれて休憩した。頭数よりだいぶ少ない椅《い》子《す》はとっくに埋まっている。胸やけのしそうなチョコファウンテンがそびえるデザートのテーブルには女子の群れが引きもきらない。このくそ暑いのに。

シャンデリアを眺めていたら、まばゆさで視界がぼわっと白く飽和してしまいそうになる。視線を水平に戻すと、向こう側の壁際に佇《たたず》んでいた男と目が合った。偶然人の流れが途切れて、ほんの数秒、いくつかのテーブル越しにはっきりと互いを見通すことができた。ふたりの間にすっと直線が引かれたように。

あ、すごい、と思った。その瞬間にはもういくつもの頭が行き来している。松本清張《まつもとせいちょう》の小説になかったっけ。ほんのすこしの間だけ、駅から列車が全部出払って遠くのホームまで見えるっていうの。

自然と向こう岸に歩き出していた。相手の顔に見覚えはなかった。休日出勤から直行というありふれたスーツ姿の自分とは違い、髪も服もいやみなほど決まっていた。長身で、甘い優しみの漂う顔立ちをしている。女でも引っかけにきたのかと勘繰《かんぐ》りたくなるほど隙《すき》のない出《い》で立ちなのにどこか所在なさげにしているところに興味を惹《ひ》かれた。壁の花といったら、冴《さ》えない女を指すはずだけれど。

接近に気づくと、男はまじまじと目を見開いた。自分の記憶に自信がなくなってくる。向こうはこっちを知っている、そんな気がしたから。おかしいな、一度でも同じクラスになってたら絶対忘れないと思うんだけど。

おのおのが胸につけているネームプレートが読める距離で歩調を緩め、さりげなく目を走らせた。「夏目《なつめ》」とボールペンで走り書いたような雑な名札がプラスチックカバーに収まっている。みんな、ちゃんと印字済みのものを受付で手渡されたはずなのに。飛び入りか、幹事の手違いで用意されていなかったのか、あるいは。

「卒業生じゃないんすか？」

やっぱりナンパや物盗《ものと》り目当てで潜り込んだか、それともお披露目《ひろめ》用に潜り込まされた誰かの恋人。だから物慣れないふうにしているのかと推測してみたが、男は焦《あせ》ったように何度も首を振り「違います」と答えた。

「いや、いいよ別にモグリでも。ひとりぐらい増えたところで、俺が損するわけじゃないから」

盗られて困る貴重品も持ってないし。

「いえ、ほんとに、俺は……」

「あ、そうなの？　ごめん、見覚えなかったから。夏目くん？　俺のこと知ってる？」

今度はこくこく頷いて「初鹿野《はじかの》」と言った。名札はあっても、初見で正しく読める人間はあまりいないから、どうやら正真正銘のOBらしい。やっぱり、自分が忘れているだけなのか。

「俺、同窓会って初めて来たけど、集まりいいんだね。十年だから？」

「俺も初めて来た、けど」

「けど？」

「初鹿野が初めてっていうのが意外だ」

夏目はおずおずと言った。

「そう？」

「初鹿野は、いつも目立ってて、友達多かったから」

「そうかな」

「うん」

「大学、関西だったからさ。うちから行ったの俺ひとりで、携帯変わって実家も引っ越して、没交渉だったんだ。でも、会社の上司が、日本史の加藤《かとう》覚えてる？　あいつと友達なんだって。で、ふたりの間で何でか俺の名前が出たらしくて、珍しい名字だから加藤がもしかしてって上司経由で俺に連絡してきたの」

これもきょう、何度も繰り返した口上《こうじょう》。正直気が進まなかったが、間に上司を介していては無視できなかった。

「人の縁って、どこでどうつながってんのか分かんないもんだよな」

「うん」

　夏目はやけに真剣な面持ちで同意した。上出来だけどちょっと頼りなさそうな印象の、五センチばかり目線の高い顔を初鹿野はじっと見つめた。思い出を探るのは緑色に濁った川に手を突っ込んで浚《さら》うようだった。平凡な人生なのに、十年の間に沈澱《ちんでん》したものの何と多いことか。俺はこんなに記憶力悪かったっけ。

「あの……」

　ぶしつけな眼差《まなざ》しに夏目はいたたまれなさそうに肩を揺らす。

「俺の顔、何かついてる……？」

　耳の上のあたりがほんのり赤い。何だその反応、と凝視しておいて何だがちょっと引いた。箱入りのお嬢様か。

「いやごめん、何でもない」

　目を逸《そ》らすと、数メートル離れたところに立っている女と向き合う構図になった。その顔は努力するまでもなくすぐ思い出せる。あまりいい別れ方をしなかった――全面的にこっちのせいで――元彼女。ぎこちない会釈を交わす。もうとっくに終わった恋愛で、今さらおままごとみたいな付き合いだった高校時代の彼氏に思うところなんてないだろうと少々都合のいい理屈をこねてみても気まずさは拭《ぬぐ》えず、相手の唇が物言いたげに開きかけるのが分かった瞬間、夏目に声を掛けていた。

「なあ」

パーティの開始から一時間以上経《た》っているし、もうお義理は果たしたと思っていいだろう。この場のすべてが面倒だ。

「はい」

「これから二次会とかある感じ？　何か聞いてる？」

「俺は何も……」

「じゃあ抜けてどっかで飲み直さない？　俺、立食って落ち着かないから苦手なんだ。きょうあんま体調よくないし、ゆっくり座りたい」

それは嘘《うそ》じゃなかった。昼間、頭痛がひどくて参加を取りやめようかと考えたほどだ。幸い、同僚がくれた怪しげな鎮痛剤がよく効いてくれたけど。

夏目は犬の張り子みたいに何度も大きく首を振った。子どもじみた仕草は、スタイリストに仕立ててもらったような外見とおよそ合わない。軽く飲みに誘っただけなのにこの反応。こいつやっぱ変だな。でも言ったそばからキャンセルもできないので皿を下げて回るウェイターの盆にグラスを載せて「行こう」と促した。

「初鹿野」

ホテルを出たところで夏目が呼ぶ。そろそろと水を満たしたコップを運ぶような緊張のにじんだ声で。

「なに」
「急に抜けるなんて、何かあったの？」
「別にないけど、強《し》いて言うなら、さっき三年のときの彼女見ちゃって」
「うん、すぐ横にいたよね」
早坂《はやさか》さん、と名前まで簡単に当てた。
「……そう」
「バドミントン部だった」
すこし、不気味だった。目の前にいるこいつは一体誰なんだろう、と改めて疑問が湧《わ》いてくる。初鹿野は未《いま》だ心当たりにすら辿《たど》り着けないのに、夏目は初鹿野がどんな相手と付き合っていたのかさえ把握している。いくら何でもおかしくないか。警戒心を悟られないように
「そんなことまでよく覚えてんね」と何気ないふうに言うと「初鹿野は目立ってたから」と
また同じ答えが返ってくる。確かに子どものころから集団の中では自然と「主流派」にいて、
付き合う相手も華のある、ありていに言うともてる女の子ばかりだった。
「目ぇ合ったと思って、勝手に気まずくなったんだけどさ、よく考えたら俺の自意識過剰で、
夏目のほう見てたのかもな」
発想を逆にしてみる。つまり夏目は、早坂のことを好きで「早坂の彼氏」として初鹿野の
存在を知り、記憶していたのかもしれない。だからこういうふうに水を向ければうろたえる

か喜ぶか、と試す気持ちで言ってみたのだけれど夏目は「え」とまったく思いもよらないというようにきょとんとしてみせる。

「何で俺？」

「だってあんた、かっこいいじゃん」

「嘘、俺なんか全然だよ」

本気で照れているらしく、うつむいてはにかんだ。初鹿野はますます分からなくなる。何だこいつ。ある程度の自覚がなければいい服買おうなんて思えないはずだけど。ジャケットに濃紺のボーダーのTシャツ、細身のパンツ。全部さりげなく高そうだった。しかしそんなことないよとか太鼓判を押してやる義理もないのでそれ以上突っ込まないことにする。

「どっかいい店知ってる？」

「一軒だけ……ちょっと待って、電話して訊《き》いてみる」

携帯を取り出して背中を向けた夏目の後ろ姿をじろじろ眺めた。片手を口元にあてがって、なぜかこそこそと小声で話し始める。スタイルもいいけどすこし猫背。容姿の割に立ち居振る舞いがてんで様《さま》になっていない。押し出しに欠けるというか、常におどおどと何かをおそれているような。

でもその正体不明のうさんくささを、初鹿野はまあいいやと思った。どうせ家に帰っても寝るだけなのだし、このちょっとした謎《なぞ》を楽しむのも悪くない。「同窓会どうだった？」と上司に尋ねられたときの話のネタにもなるだろう。知らない同期生。

「今から、行ってもいいって」

振り返った夏目は、大役を果たし終えたような表情をしていた。

「そんな人気店なの？」

「ううん。小さいからすぐ満席になるけど」

「すげーほっとした感じだったじゃん」

「あ……俺、電話かけるの苦手だから」

何だそりゃ、とすこし呆《あき》れた。子どもじゃあるまいし。まあ友達になるわけでなし、今夜だけの付き合いだ。心の毛羽立《けばだ》ちをなだめて「どこ？」と尋ねる。ホテルの前庭の植え込みが、張り巡らされた豆電球でライトアップされていて、朝露をまとったくもの巣みたいに見えた。


雑誌に紹介されてそうなバーか、隠れ家系居酒屋か、それともクラブとか。得体の知れない連れに店選びを委《ゆだ》ねたのは、お手並み拝見というか、人となりを見極めるための糸口になると考えたからだ。

「ここなんだけど……」

採点を待つ生徒のように緊張をにじませて夏目が指したドアの前で初鹿野は予想外、と思わず声に出してしまった。

「え？」

「いや、独り言」

クラブはクラブでも、音楽の流れるほうじゃなくて銀座の店だった。透かしガラスに彫られた「あかり」という店名が裏側からほの明るい照明を受けてつややかに輝いている。よっぽどおいしい接待でないと入れないランク、プライベートでは選択肢にも挙がらない部類の場所に違いなかった。

「やっぱり違う店のほうがいい？」

足を止めたまま動かない初鹿野を見て夏目はたちまちうろたえる。

「いや、違くて——……えーと、ごめん、もやもやしたまま酒飲んでも楽しくないから言うよ、怒んないでね」

長い前置きを一気にまくし立てると固唾《かたず》を飲むのが分かった。

「あんたがこの店とぐるで、二十万も三十万もぼったくるってことはないよな？　俺、はっきり言って貧乏だからカモにはなれないよ」

「えぇっ」

単刀直入に問うとふらりと卒倒してしまいそうな情けない声を上げ、それから首と両手を一緒にぶんぶん振りまくった。

「しないしない、そんなこと！」

別に真剣に疑ったわけじゃなく、ただ腑《ふ》に落ちなくて半分はからかいの質問だったのだが、かなりの衝撃を与えてしまったようだ。

「いや、ごめん、ちょっと言ってみただけだよ、そんな必死になんなくても」

「あの、支払いのことなら、俺が連れてきたんだし、俺が……」

「何でだよ」

控えめな申し出を一蹴した。

「貧乏だけど無一文《むいちもん》とは言ってない。人に意味なくおごられんのは嫌いだ」

「え、あ、そんなつもりじゃなくて」

「それは分かってるから」

こいつめんどくせえなあ、初鹿野が気まぐれを後悔し始めたそのとき、内側から音もなく扉が開いた。

「やっぱり、てつくんだった」

顔を覗《のぞ》かせたのは和服の女だった。ママには若すぎるから、おそらくはホステスのひとりなのだろう。

「お店にも入らずに、何を話し込んでるの？」

「ごめん、うるさかった？」

「いいのよ。久しぶりにお電話頂いて嬉《うれ》しかったわ。どうぞお入りになって、お連れの方も」

「どうも」

軽い会釈をしながら猛然と考えている。てつくん。誰だ。テツヤ、テッペイ、テツオ、テツロウ。「てつ」のつく高校時代の知己《ちき》を片っ端から思い浮かべるが、いずれも夏目とは結び付きそうにない。軽いひまつぶしのはずの謎解きに本気になっていた。わたしはだあれ？　こうなったら意地でも正解してやる。

店内は、夏目の言葉通りにこぢんまりとしていた。五席ほどのカウンターと、半個室に仕切られたソファー席が三つ。「てつくん」と呼んだ女の案内でそのいちばん奥に通され、冷えたおしぼりを受け取った。

「お腹《なか》、減ってる？」

ほっそりした首をかすかに傾《かし》げて夏目に尋ねる。くだけた呼び名といい、ずいぶん親しそうだった。全体的に小造りな、薄味といっていい顔立ち。でも悠然とした雰囲気と化粧がそう思わせない。はっとするほど鮮やかな真紅の口紅からは、小娘の片手間じゃない水商売の、迫力のようなものが漂っていた。見てくれがよかろうが、夏目みたいな優男になびくようには到底思えないが。

「ううん、俺は大丈夫。初鹿野は？」

「俺もいい」

「じゃあ、おつまみ何品かお持ちするわ。まだボトル残ってるけど、それでいい？」

「うん、ありがとう」

夏目も、初鹿野と話すときの上滑《うわすべ》りぶりがうそのように落ち着いていた。普通、異性と話すほうがどぎまぎするものだろうに。それとなく観察する。意識的に、あるいは無意識的に、すこし距離を置いて他人を眺めてしまうのは初鹿野のくせだ。もともとそういう性分《しょうぶん》ではあったが、ある時期を境に拍車がかかった。

女もそれに気づいただろう、何しろ接客のプロフェッショナルだから。けれどそ知らぬ顔で「ご挨拶《あいさつ》が遅れまして」とほほ笑んだ。帯《おび》の下から薄い名刺入れを取り出し、一枚抜いてテーブルの上に置く。

「いらっしゃいませ」

店の住所と電話番号のほかには「椿《つばき》」という名前だけがシンプルに印刷されていた。

「椿さん」

「はい」

「どうも。初鹿野です」

「はじかのさん。珍しいお名前ね。てつくんも変わってるけど。どんな字をお書きになるの？」

「初めての、鹿の野原」

慣れきった口調で説明しながら、ちらりと引っ掛かった。「夏目」って、ありふれてはいないが、そんなに物珍しい姓でもないだろうに。

名刺を両手でおしいただいてから「すいません、僕、名刺会社に置いてきたもんで」と詫《わ》びた。同窓会で不特定多数と交換するはめになっても煩《わずら》わしいからあえて持ってこなかった。

「お気になさらないで」

「下《した》っ端《ぱ》の名刺なんてお渡しするのも恥ずかしいんで、ちょうど良かったかな」

「そんなこと」

椿は困ったような笑顔をつくってみせてから「営業の方？」と訊いた。

「え？」

「名刺の受け取り方がとてもきれいでいらっしゃるから。営業の方ってみんなそうなの」

板についたサラリーマン作法ということか。ほんとうに大人になったものだ。初鹿野は苦笑する。

「そんなの褒《ほ》められたのは初めてだな」

「きっと、ほかにいいところがたくさんありすぎるのね」

「まさか」

ごゆっくり、と椿が席を立ってから初鹿野はわずかに声をひそめて「こんな高そうな店の常連なの？」と言った。

「全然そんなことない」

「だってボトル入れてるんだろ」

「仕事の先輩に何度か連れてこられて、そのときノリで入れろって言われた。俺、そういうの断れなくて……」

ああ、分かる。

「でもそれもずっと前の話だよ」

「さっきのねーさんとはずいぶん仲良さそうだったけど」

「だって椿さんはそれが仕事だもん」

「あ、そう」

いやに冷静じゃないか。しっかりしてるのかしてないのか、どっちだ。こいつの仕事って何だろう。椿みたいに推理してみようか。肉体労働者にはとても見えない。この煮え切らなさ、電話もちゅうちょする気弱さで営業ってこともないだろう。でも、誰もが自分の才能や適正に見合った職業に就いてるとは限らないから――。

「……営業って、何の営業？」

想像に没入していたら先に質問されてしまった。いつの間にか、目の前には山崎のボトルとグラス一式、つまみが載った皿も置いてある。

「悪い」

かなりぼんやりしていたらしい。頭の芯《しん》がしびれるように重い。薬が切れてきたのだろうか。

「水割りでいいのか？」

「あ、俺が、」

「いいよ」

適当な配合でウイスキーと水を注ぎ、マドラーで混ぜながら「バイオ」と答えた。

「え？」

「さっき訊いただろ、何の営業かって。バイオ関係」

「……バイオハザードしか思いつかない」

「ウイルス兵器売ってりゃすごいけどな。蛍光たんぱく質って分かる？」

夏目はすこし考えてから「クラゲでノーベル賞獲った人の？」と言った。知識とも呼べないレベルの情報だが、まあ一般人の認識はその程度のものだろう。

「光る生物がこの世にたくさんいる」

初鹿野は言った。

「クラゲ、エビ、チョウチンアンコウ……みんな、生物発光っていって、身体《からだ》の中で光るたんぱく質をつくってる。そのたんぱく質を抽出して遺伝子構造を解析して、ほかの生物のDNA配列に組み込んでやったら、そいつらも光を生むことができる」

「うん」

夏目が真剣に頷くのが分かったので、気を良くしてしゃべり続ける。

「バイオイメージングっていうんだけど、がん細胞を光らせて病変の広がりを可視化したり、アルツハイマーの解明とか、脳がどういうときにどんな作用してんのかとか……まあ、色んなことが一目瞭然になって便利なわけ。うちの会社はその蛍光たんぱくの開発して、企業とか医療機関にライセンス販売してる」

「すごいんだ」

夏目は初めて、心からの、弾《はじ》けるような笑顔を見せた。

「初鹿野は、生物得意だったもんね」

またそれか。ごく薄い、正方形のチョコレートが唇の間でぱきっと割れた。

「いや、俺は売るだけだから」

しかしもう、さほどの不審も催さないのは慣れたからか、久しぶりに飲んだお高いウイスキーが効いてきたせいなのか。樽《たる》で眠っていた年月がとろりと濃縮されて、濃い。でもすこし調子に乗って「もう一杯いい？」と訊いたら夏目はそれはそれは嬉しそうに頷いた。

「何かほかに質問ある？」

「えっと……じゃあ、今ってどこに住んでる？」

「茨城。のつくば。会社も取引先も研究都市にあるから」

「ペットとか飼ってる？」

「一応」

「犬？　猫？」

「魚」

「あ、熱帯魚？　光るやつだ。ネオンテトラとか」

「近いけど違う。でも、あんま人に言えないんだ」

今度見に来る？　と初鹿野は嫌いなはずの社交辞令を口にしていた。どうやらアルコールで舌が滑《なめ》らかになりすぎている。果たされるあてもない申し出を夏目は喜色満面で受け入れて何だか自分が悪い人間のような気がした。

「ほかには？」

かすかな後悔を忘れるために話題を変えた。

「ひとり暮らし？」

「うん」

「そういえば、妹さんいなかったっけ」

「いる。受験生だから大変」

今度は家族構成か。もう驚きはしないが、妹のことを持ち出されるとまたうさんくさくも思えた。何よりここまで把握しているのなら、こいつは「あのこと」も覚えているのかもしれない。これまで同窓会関係を避けてきたのは、あの件について知っていそうな他人と会いたくないから、というのも大きかった。

夏目の目には、下衆《げす》な好奇心も勘繰りもなかった。散歩に連れられる犬みたいなきらきらした臆面のない喜びだけがあって、何でそんなに、と思わずにいられない。

「休みの日は何してる？」

芸能人インタビューみたいだ。

「土曜日は寝てつぶれる。日曜は、ちょっと復活して掃除と洗濯と買い物したらもう夕方」

「意外」

「何で」

「初鹿野って、もっとアクティブに色んなことしてたイメージだったから」

そりゃあ子どもだったから。体力も時間も潤沢《じゅんたく》で、休みを文字通り「休む」ために使うものだなんて考えもしなかった。

「十年経てば人も変わるよ」

「そうなのかな」

「がっかりした？」

軽口に過ぎないのに、夏目はまじめな顔で「ううん」と答えた。

「はは……へんなやつ」

本音が洩れた。それにも素直に「うん」と返ってくる。

「俺、へんなんだ」

「自分で言う？　――……なあ」

身を乗り出すと、夏目の手にしたグラスのなかでべっ甲色の液体がかすかに波立った。動揺が手に取るように分かる顔。もっとどっしり構えてりゃいいのに。実はかわいいのに、本人が気づいていなくて、異性とは年に数回しか会話しないグループの隅っこでちいさくなってるようなの、クラスにひとりぐらいはいたな――もっともこれは女の子の話。

「……なに？」

こわごわ開いた唇を見て言う。

「ほんとは俺に、もっと何か、別のこと訊きたいんじゃないの？」

訊きたいのは初鹿野のほうだ。お前はどこの誰で、どうして俺についてそんなに詳しいのかと。だから「初鹿野こそ」と言ってくれればそこで白旗を上げたと思う。ごめんなさいどうしても思い出せません。

けれど夏目はきゅっと口を真一文字に結び、何かを決意したようだった。

「初鹿野は」

「うん」

「何かをできなくて、後悔したことはある？」

重たい、つーかめんどい質問だな。

「失敗したって意味？」

「しようとして結局しなかった、したかったけどできなかった」

夏目が真剣なのは分かるので、こっちもそれに釣り合う答えをしなければと思うが、どうも頭がぼんやりしてきて思考の腰が据《す》わらない。

「清志郎《きよしろう》」

「えっ？」

「忌野《いまわの》清志郎のライブにいつか行きたいって思ってたのに本人が死んじゃった。何でもっと早く行っとかなかったのかなって……そういう意味じゃなかった？　ごめん、俺酔ってるみたいだからあんま難しいこと訊かないで」

「大丈夫、合ってる」

夏目はまた笑った。

「初鹿野らしい」

俺の何を知ってんの、と思う。俺はお前について何も知らないのに。でも、舌がもつれて明瞭な言葉にならなかった。ひどく眠い。おかしいな、今までこんなにあやうくなるほど泥酔したことはないのに。やっぱり薬との相性が悪かったのか。

「……初鹿野？」

膝《ひざ》の上で肘《ひじ》をついて顔を伏せる。心配そうな声に無理やり頭を持ち上げた途端、すうっと意識が遠のくのが分かった。風景が上から白く消えていく。洗面所の排水口に吸い込まれる髪の毛になったような気がした。ひゅるひゅる渦《うず》を巻いて、暗いところへ。

でも怖くはなかった。最後に見た、不安げに歪《ゆが》んだ目の、心細い光が結構好きな感じだったから。

——はじかの。はじかの。平気？

天から降ってくるように聞こえる、誰かの声。うるさいな。何だよ。

——大丈夫？

大丈夫って何だ。無重力空間にいるみたいに気持ちいいのに。あ、でも首のところがうっとおしいかな、と考えていたらふっと楽になって、ネクタイをほどかれたせいだと気づく。

——水、飲める？

もらうもらう。硬いものがそっと唇に押し当てられ、門を開くように上下の歯の間に隙間をつくるとつめたい水がとく、と流れ込んできた。ああそうか、ペットボトルの飲み口だったんだ。おいしい。何だかひどく甘い。いくらでも入りそうなのにうまく飲み込めなくて軽くむせた。頬から首すじへ水が細く伝う。

――ごめん！

誰か、はひどく慌てたようだったが、初鹿野はもったいね、とぼんやり思ったぐらいだ。いいよ別に。熱いのよりましだろ。

――そ、そう？

知ってる？　生き物の光は冷光っていうんだ。

――レイコウ？

どんな個体も摂氏五〇〇度ちょっとで鈍く光る、でもそんな光は危ないし無駄だろ？　生物発光は、要するに燃費がいいんだ。わずかな熱を光に変換する。だって大抵のたんぱく質は摂氏六〇度以上になると死滅するんだから。

――つめたい光。

そう。理想の光。

――そうなのかな。

何で。

——光は、あったかいほうがいいと思う。

ふーん。まあ、考え方は人それぞれだから。それより、まだ息苦しいんだけど。気持ちのいい眠りに落ちる寸前に似た肉体の弛緩《しかん》があって、手も足もどこかに置き忘れてきたみたいにその存在を認識できない。でも不安も状況への疑問もなく、心まで完全に脱力しきっていた。鎖骨よりすこし上にひんやりとした指先が触れ、シャツのボタンをひとつ外した。ふう、と息をつく。

ありがと。えっと……。

名前を呼ぼうとして、これ誰だっけ、と今さら考え込む。

——はじかの。

名前を呼ばれた。いやに熱っぽい口調で。とっさにやだな、と感じた。何だよ、と言おうとしたら唇を、今度はやわらかいものでふさがれた。

キス。キスね、ああ、はいはい。夢だなこりゃ、と納得した。若い身体は、あんまり放っておくと寝ている間に粗相をしてしまうことがあって、そういうときは決まってこの手の、架空の交わりを経る。淫夢《いんむ》というほどのものでもない、ささやかな。頭がはっきりした状態でする普通の自慰《じい》より格段に気持ちはいいが、後の洗濯が情けない。だから、そろそろきそうだな、と何となく予感したらさっさと手で処理するようにしていたのに、最近忙しくて忘れていた。

それにしても溜《た》まっていたせいか、唇の感触はいやにリアルだった。ひょっとして明晰夢《めいせきむ》ってやつか。試しに舌を突き出してみるとびっくりしたようにふるえるのが分かったが、生々しい器官はすぐに躍り込むような反応を返してきて初鹿野の背筋をぞくりとさせた。俺はどんだけ欲求不満だったんだ。

シャツのボタンが次々外され、薄い生地のアンダーシャツもたくし上げられる。素肌が冷気にさらされてそのときだけほっとした。絡《から》め合うくちづけは熱くて息が詰まるから。でも安堵《あんど》もつかの間、残暑の夜の熱気をそのまま孕んだような手のひらが裸の上半身をまさぐり始めた。

浅く発した声が、つながった口唇の向こうに吸い込まれていく。暑苦しいのは嫌いだ。でも、潔癖症とは違うから明確な意図を持って触れられたら身体は興奮する。それがまたいやなのだ。生身の煩わしさ。ほら、ベルトを引き抜かれ、前をくつろげられたらそこは勝手に発情している。ことさらに助長しようとするように握り込まれ、こすられた。いつもなら、点滅するような一瞬の性感で気づいたら達してしまうのに、きょうはつくづくリアルだ。快感が長引くだけもどかしくて、自分から腰を揺らしていいようにこすりつけた。手も足も動く気がしないのに、こういう動作だけできるのが我ながらふしぎでさもしい。そうしたら施す動きも激しくなり、もうろうとする頭が本能でいっぱいになる。出したい。出したい。出したい。

射精は、とても長く続いたように思えた。朝になったら汚れた下着を見て後悔するのだろうが、今は、水にふやけた紙がもろもろ溶けていくように思考が拡散していた。そうして眠りに落ちるのがいつものコース。

それを妨げたのは、性器よりさらに奥まった場所になすりつけられた、生温かいぬめりだった。いやいや。それは違うって。俺、そこは興味ないもん。吐き出してしまえば夢からも逃れて深い底で安らげるはずだったのに、体内をずるりと逆立てられる気持ち悪さに首根っこを摑《つか》まれてしまったように落ちることも覚めることもできない。眠りでも覚醒でもない、境目の溝にすっぽりはまり込んでしまったような身体をいいように探られる。待て。ちょっと待て。

侵入は執拗《しつよう》だった。次第に自分のそこが順応《じゅんのう》するようにやわらかく開いていくのがなぜか手に取るように分かっておそろしかった。夢精よりよっぽど手に負えない感じがして。

いやだ。やめろ。

どんなに頑張っても、自分の声が耳に届いてこない。ぱくぱくと口を開けても肺から息が出て行くだけだった。発声の方法を忘れ去ってしまったように。時間の感覚もあやふやだから、どのくらい耐えたか定かではないが、内臓を押し上げられるような圧迫感が消えたときはやっと終わったんだと思った。これでやっと寝れる。

——ごめん。

ほんとだよ。俺はもう、何も考えずに眠りたいのに。

——ごめんね、初鹿野。

何なんだようるさいな、と言えないけど言ってやろうとしたら脚の間に強烈な痛みが走った。

いた、痛い、何だよ。何だこれ。

全身で抵抗してもがいているはずなのに、その手ごたえはまるでなく、ただ何か無茶なことを強いられているという恐怖とひきつれる痛みと、自分のものじゃない熱だけが鮮明だった。

——初鹿野。初鹿野。

名前を何度も呼ばれた。髪の間を、指が滑っていった。その仕草に労《いた》わりがこもっているのがとても不可解だった。上半身と下半身、別々の人間に触られているのか。

身体のなかを熱が行ったり来たりする。もう、痛いと言うことさえできなかった。腕の内側に背中の感触があって、いつの間にか自分がしがみついていることに気づく。何だ手、動くんじゃん。引き離そうとは思わなかった。縋《すが》っているほうがまだ楽だった。けれど汗と体温が癪《しゃく》にさわったのでかき抱いて爪を立てる。

短く激しい往還のピッチが速まるにつれ、いっそう何も考えられなくなった。内奥で何かが大きく膨《ふく》らみ、そしてうそのように一瞬で圧迫感がなくなったかと思えば、腹部に温かいものが垂らされる。
——初鹿野……。
だからお前は、誰なんだって。

そして呆然《ぼうぜん》の、朝。

何でだ、と初鹿野は思っている。全体的にどういうことだ。腰の内側にわだかまる鈍い痛みと同じぐらい確実に見覚えのない部屋。見覚えのないベッド。そこにいる素っ裸の自分。カーテンの隙間から射《さ》し込んでくる朝日はまぎれもない現実の光だった。白さと鋭さ。その中でごく細かい糸くずみたいなものが浮遊しているさまもはっきり見える。何だっけこれ、チンダル現象、だっけ。
床に土下座している、若干の見覚えがある男の背中にも光の筋が一本走っていた。石灰でライン引くやつに轢《ひ》かれたみたいだな、と間抜けな連想をして、それは思考能力の目覚めとともに、白線、グラウンド、学校、高校、同窓会、と点から線になっていく。

ゆうべ。

「ごめんなさい」

消え入りそうな声で夏目は謝った。

「謝って済むわけないいんだけど……俺、ほんとにどうかしてました」

「いや……」

混乱と頭痛がこびりつく額《ひたい》を押さえる。

「ごめんとかじゃなくて、何が何だか……」

夏目の傍《かたわ》らにはジャケットが放り出されていて、きのうのネームプレートも一緒に転がっていた。初鹿野は、そこに書かれた文字に気づく。名札の、裏側。手書きの「夏目」じゃないほうにちゃんと印刷された名前が。

『片喰』

それを見た瞬間、きのう聞き取れなかった同級生の言葉がはっきりとよみがえってきた。

——そういえば知ってた？　バミって今さ、

「お前……片喰《かたばみ》か？」

はいでもいいえでもなく「すみません」と返ってきた。

「初鹿野のことが、ずっと好きでした」

「いや訊いてねーし」

負けずに自分も、結構あさってな突っ込みをしたと思う。

片喰鉄之助《てつのすけ》、という名前だけ聞くとちょっと強そうだ。でも実際の片喰は、できるだけ酸素無駄遣いしないようにしますからどうか僕に怒ったり呆れたりしないでください、という空気を常に漂わせていた。中高と一緒で、家も近所だったが初鹿野とははっきり言えば住む世界が違いすぎて接点は薄い。子どもの世界は、はっきりと区切られた階級社会だから。中一のときと、あと何回かは同じクラスになったはずだが、会話した記憶もほとんどなく、だから片喰には何も思うところがない——片喰鉄之助自体には。

「まじで？　まじで片喰？」

確かにあいつも猫背だったような気がするが、それ以外の印象が何も合致しない。というか片喰の外見自体明確には思い出せないのだった。見るからに度のきつい、ぶ厚いださい眼鏡《めがね》をかけていた。レンズを薄くするには金がかかるから、要するに家計の余裕がないのか、親がそういったことに無頓着なのか。たぶん両方だったろう。まがまがしい感じに亀裂の入った、エレベーターのない団地を思い出せば。そこが片喰の家だった。その敷地の隣にある二十階建ての分譲マンションに初鹿野は住んでいて、建設前に日照権の問題で揉《も》めて団地住民の反対運動がかまびすしかった経緯も含め、団地組とマンション組の間には目に見えない一線が引かれていた。そういうことに興味のない初鹿野にも分かるぐらいはっきりと。その頃から格差という言葉は流行《はや》っていただろうか。

片喰はいつも人目を避けるようにうつむいていた。授業中も休み時間も。しなびてくすんだ野菜みたいなその全体のたたずまいはどうにか覚えている。背もこんなに高くなかったし、はっきり言って化けすぎだ。

「何で、じゃあ『夏目』って誰だよ」

とっさに口にしてから、その理由を自分がとうに知っていることに気づいた。口に手をやる。

「悪い、今のなし、そうだよな、そうだったよな」

そんな初鹿野を、片喰はふしぎな、まぶしいものに出会ったように見上げている。

「えー……ひょっとして、整形とか、した？」

「えっ……そんな怖いことできないよ」

泡を食ったような答えは、片喰なのでとてもリアリティがあった。

「レーシックはしたけど……」

「視力回復の？　それも大概怖くね？」

「うん、まあ、手術中焦げくさくてそのときはぞっとしたけど麻酔効いてるし」

「背、伸びたんだな」

「あ、二十歳《はたち》すぎてから何でか……ほら、俺って何もかもとろくさかったから、こういうのも遅れてきたのかなって」

「へー」

いや、世間話をしている場合じゃない。初鹿野は自分の現実逃避を戒《いまし》めた。

「やったのか？」

単刀直入に尋ねた。いやなことは先に済ませておきたいタイプだ。片喰は正座した自分の膝頭《ひざがしら》を凝視している。

「やったのかって訊いてんだよ！」

「はいっ、すいません、や、やりました！」

お白州《しらす》に引きずり出された罪人よろしくひれ伏す片喰に「何で」と尋問を続けた。裁量があるなら「よし、死刑」と言ってしまいたいが。

「……好きだったんだ、ずっと」

「いや、ありえねーだろ」

「でも、そうなんだ」

「お前な、気持ちわりーこと言ってんじゃねーぞ」

だってお前と俺。俺とお前。ない、絶対ない。

性別もさることながら、自分たちの間にあるひとつの大きな因縁《いんねん》を考えると片喰の発言は正気と思えなかった。

片喰の後頭部から目を逸らすと、壁にかかった時計が八時を回っていて、時間を意識した途端急にサラリーマン精神が頭をもたげてきた。

「やべ、会社行かなきゃ」

「え？」

片喰が弾かれたように顔を上げる。

「男にやられましたなんて欠勤理由になんねーだろ。お前、仕事は？」

「俺は大丈夫、だけど……」

下着類はご丁寧にたたんで枕元に、スーツはハンガーに掛けられて壁のフックに吊るされていた。そんな心遣いをするくせに酔って前後不覚になった同級生相手にことに及ぶ神経って何なんだろう。あえて堂々と白いタオルケットを跳《は》ね除《の》け、鈍痛に構わずてきぱき服を着る。きのうの感じからして、たぶん腹に射精されたんだろうが、汚れてはいなかった。放置されるのもいやだが、寝ている間に後始末をされたと想像するのもいまいましい。

「あの、初鹿野……」

おろおろと声を掛ける片喰に「いくらだ」と問いを突きつけた。

「きのうの飲み代折半と、タクシー呼んだんだろ？　それは俺が全部払う」

「そんなのもらえないよ」

「俺を、金で買ったことにしたいわけ？」

「そういう意味じゃ……」

ネクタイを上着のポケットに突っ込み、代わりに携帯を取り出す。

「メアド教えて。……勘違いすんなよ、ただの事務連絡用だ」

「事務連絡？」

「きょう、会社終わってから金返す。今持ち合わせないし。待ち合わせの時間と場所決めてメールするから、お前は金額を計算して送って」

有無を言わせず宣告し、アドレスを交換した。やられたことはやられたこと。借りた金は借りた金。無理にでもそう割り切らないとやってられない。

「じゃあな」

「初鹿野」

「悪いけど今は話したくない。時間もないし、冷静になれないと思うから」

人前で感情を爆発させるようなみっともないことはしたくなかった。怒鳴ろうが殴ろうが時間は巻き戻せないのだから。

外に出ると景色は案外遠くまで見通せて、ここがどこで、マンションの何階なのかも分かっていなかった自分自身がとことん間抜けに思えた。何やってんだろうか俺は。いい年して酔いつぶれて男にお持ち帰りされた挙句、セックスしましたなんて。しかも相手があの片喰とはどういう因果だ。

眼下には線路が通っていて、その先には駅舎もある。何線だか知らないがあれが最寄り駅だろう。とりあえず乗って秋葉原を目指せばいい。携帯のＧＰＳを起動させながら、知らない街の朝を突っ切っていく。
片喰のことなんか忘れていた。でもそれでいて、片喰にだけは会いたくなかった。

慌てて出勤したのに、口うるさい上司は風邪を引いたとかで休みだった。拍子抜けもいいところだ。急ぎの用件がないことを確かめると、ホワイトボードに適当な取引先の名前を書き込んで営業部を後にした。同じフロアにある開発部を目指す。多光子《たこうし》顕微鏡や実験装置の置いてある部屋には立ち入れないが、目的はそれとドア一枚隔てた研究員室だ。泊まりもしばしばの開発スタッフのために、仮眠の取れるソファーが置いてある。
駅のホームで締めたネクタイを再びむしり取ってポケットに入れると、さっきは気づかなかったやわらかい感触が指先にある。真っ白なハンカチだった。私物じゃない。片喰のものかとも思ったが男が使うには少々繊細すぎる。よくよく見ると隅っこにちいさな椿の花の刺繍《ししゅう》が施してあって、それで持ち主の見当がついた。返しに行かなければ。本音を言えば片喰の関係者と積極的に関わりたくなかったし、郵送してしまおうか、という考えがすこし頭をよぎったが、店でぐでんぐでんになったことを思うとやはり直接会って謝罪をするべきだろうという義務感が先に立った。憂うつな用事がひとつ増えたわけだ。

それをしまうと携帯がメールを受信してふるえ、もう片喰が連絡を寄こしてきたのかと若干身構えて確認すると何のことはない、妹からの「CD早く返してよ」という苦情だった。のんきなものだ。返信せずに研究員室に入る。

「……おはよう」

葛井《かずらい》がデスクで漫画を読んでいるところだった。

「おはよう」

「同窓会、どうだった？」

「お前のせいでえらい目に遭った」

「僕？　何で？」

「もらった薬！　あれやっぱやばいだろ、酒飲んだらめためたになったぞ」

「服薬後にアルコール摂取する方がおかしいに決まってる」

葛井は漫画から目も離さずに答える。

「同窓会なんだから酒ぐらい飲むだろ、四時間以上空いてたしいつもなら酔っ払うような量じゃなかった」

「何にせよ自己責任じゃない？　口こじ開けて服《の》ませた覚えはないし――で、楽しいこともあったんじゃないの？」

「何の話だよ」

ソファーに寝転がる。

「あれ、きのうと同じ服だし、何かおいしい思いしたんじゃないかと思って」

「えらい目って言っただろ」

思い出させんな。顔をしかめる。

「ていうか人の服なんかよく覚えてんな」

「朝すれ違った営業の女の子たちが噂《うわさ》してたんだよ。初鹿野主任朝帰りぽいって」

「くだらね……」

何も考えたくなかったので眠ろうと目を閉じたが、睡魔は訪れなかった。つぶれたのはまだ宵の口だったたし、休養はきっちり足りているらしい。久しぶりに射精してすっきりしたから――というのも考えたくない。

「葛井」

「何？」

「お前、高校時代どんなやつだった？」

「百葉箱《ひゃくようばこ》みたいなもんじゃない」

「何だそれ」

「校舎裏とかになかった？　温度計と湿度計の入った箱。ひたすらに地味で、何のためにあるのか誰も知らない――そんな感じ。体育祭の前日にはひたすらに地震雷火事豪雨を願ってた」

　社会人になって素晴らしいと思うのは、体育の授業と体育祭とマラソン大会と体力測定がないこと。葛井はまじめに指を折って列挙する。

「身体使うことばっかじゃねーか」

　初鹿野は吹き出した。この同期と妙にうまが合うのは、自虐的に見えても淡々として湿っぽさがないからだろう。あわれさを催させない暗さとでもいうのか。

「この会社まだ若いから、しきたりとしての社員旅行とかバーベキュー大会とか、うっとおしい行事がないのもいいよね」

「でも今、草食系男子って定着してんじゃん」

「僕の目にはただの主張しないおしゃれな男ってだけだよ。こっちは草食通り越してただの草だからね。踏みしだかれるのみ」

「そうかなあ」

「うん。関係ない世界のことだからどうでもいいけど」

「あんまそうやって自分から線引いちゃうのもどうかと思う」

「たぶん、こういう問題に関して初鹿野と話し合っても平行線だね」

「何でだよ」

　ちょっとむっとして首だけ持ち上げる。

「怒るなよ。初鹿野がへんな優越感も先入観も持ってないの知ってるよ。でも僕は、お前みたいに人の真ん中で談笑したり、チームの意見を取りまとめたりするのは無理だ。ものすごいストレスになると思う。日なたにいると明るすぎて育たない草もあるってだけのこと」

草、という言葉になぜか頭の一部が反応した。草にまつわる何かを思い出しそうだった。けれどそれは出そこねたくしゃみのように引っ込んでしまって、手繰《たぐ》っても引き上げられそうになかった。こういうのはたぶん、偶然の訪れで閃《ひらめ》くのを待つしかない。

「営業の連中なんか、開発の人間はコミュニケーション不全のオタクばっかりだって言ってるしね」

「俺はそんなこと言ってない」

「うん、それも分かってる。だから僕ら、初鹿野がこっそりここにきて雑談したり仮眠したりするのを許してる。初鹿野は言わないし、ほんとうに思ってもないのがすごい」

「俺、いいやつみたいだね」

「違うの」

「うん」

葛井が知らないだけだ。個々人についてどうこう思いはしないが、たぶんもっと広いくくりで、初鹿野は人間に対して——自分も含めて——冷めている。

「ま、自己評価にけちをつける気はないよ」

葛井の、こういう距離感が好きだった。片喰だったら「そんなことない」と必死になって言い立てるのだろう。その焦りようを想像して何考えてんだか、とばかばかしくなる。あいつは同僚でも友人でもない。きょう、金を返してさよならだ。完全に無縁になりきれないのが分かっているからこそ、そう思い込みたかった。

「……社会人の、もうひとつのいいところはさ、」

ページを繰る音にまぎれて低い呟《つぶや》きが聞こえる。

「何だよ」

「初鹿野みたいな、同じ学校の同じクラスにいたってあいさつさえしなかったようなタイプと仲良くなれたりするっていうふしぎだよ。おかしいよね、一日中同じ箱の中にいても、あそこにはちいさな断絶がいくつもあっただろう」

「……かもな」

初鹿野はそうしようと思えば誰とでも話せたけれど、別に菩薩《ぼさつ》でも聖人君子でもないから気が合う相手と話し、一緒にいた。誰かに拒絶されたことも、それを恐れたこともない。

「同じ寒天培地にいても違うコロニーを形成して、それぞれの増加や減少や、時には諍《いさか》いがあって……どこからも弾かれれば自死を選ぶ個体もある――アポトーシスだ。考えてみると面白いよね。二度と戻りたくないけど」

もしも片喰と同じ会社にいたら、同僚として出会っていたら、こんなふうに世間話をする仲になっていただろうか？　その場合もちろん、自分がへんに屈折してしまう機会も訪れなかっただろう。

ああ、また無意味な仮定をしている。側《そば》のローテーブルに置かれた写真に手を伸ばす。脳の蛍光顕微鏡写真を引き伸ばしたものだった。大脳皮質に張り巡らされた神経細胞がくっきりとグリーンに光っている。

「きれーだなあ」

うっとりと洩らすと、葛井は笑った。

「初鹿野は初鹿野で、実は変わってる」

「何で」

「クラスでばりばりの一軍スタメンはマウスのニューロンなんかに興味を示さないものだよ」

「仕事で扱ってるもんを好きで何が悪い？」

「それは嬉しいけど、初鹿野の傾倒ぶりはちょっと独特だ」

「だってほんとにきれくね？　夜景みたい」

ＩＳＳから宇宙飛行士が撮った東京も、樹状に伸びた光に覆われていた。巨大な生き物の血液に蛍光たんぱくを配合したみたいだ。明るく輝く夜。山手線のルートまで判別できた。遠くの光には熱がないので安心する。

待ち合わせは八時、場所は都内。ビルの屋上にあるビアガーデンを指定した。ジョッキを交えて話し合うつもりなんてもちろんなく、ただ閉じられた場所で会いたくないという警戒が働いた。片喰からは了承の旨と請求金額が最低限の文節で返ってきて、メールでまで告白やら謝罪をされたらと危惧《きぐ》していた初鹿野はほっとした。

七時前のつくばエクスプレスに乗って、十分に間に合うはずだった。会社を出ると空は洞窟の天井みたいにぼこぼこっとしたぶ厚い曇り空で、遠くにひとすじの稲光がきらめいたかと思うと、雲の中で雷鳴が唸《うな》った。降るかな。東京の天気はどうだろう。局地的かつ一時的なものかもしれないので外のようすをうかがいながら電車に揺られていると、柏《かしわ》を過ぎたあたりで空が一瞬大きく明るんで、頭を断ち割るような轟音《ごうおん》がした。どこかから、きゃっと悲鳴が上がるほどだった。近くのＯＬがひそひそと話し合う。

「今、落ちた？」

「近かったよね」

そして快速はゆっくりと減速し始め、どこの駅でもない場所で停まった。車内がざわめく。しばらくして「つくば駅付近で落雷があり、電気系統のトラブルが発生いたしました。復旧までしばらくお待ち下さい」というアナウンス。ついてない。

まじで？　とアクシデントを分かち合う相手もいないのでとりあえず携帯を探った。五分や十分の遅れなら差し支えないだろうが念のため一報入れておこうと思った。しかし液晶画面は真っ暗で、電源を長押しすると「充電が必要です」の表示が遺言《ゆいごん》のように浮かんでまた消えた。しまった、忘れてた。失態に頭上を仰ぐと白色蛍光灯のきつい光が目に入って何だかいっそう腹立たしい。これじゃ連絡がつかない。車掌は同じ放送を繰り返すだけで、いつ動き出すとも言わない。あちこちからこぼれる憂うつなため息に便乗して、時折白くひび割れる曇天を眺めた。柏の葉公園にある野球場の照明は、危険だからか消えている。あの、手術台なんかを思わせる、ぴかぴかの、情緒のないライト。見えないものを無理やり照らすための光量。

昔、団地の明かりを見下ろすのが好きだった。高校卒業まで住んでいたのは郊外のベッドタウンの中でもはずれのエリアで、駅直結のばかでかいスーパーで買い物も娯楽も医療もすべてまかなってください、これが利便性というものですよ、という中央集権型だった。くすんだ、古い住宅街からすこし歩けばもう田畑か工場か野っ原、街はずれにはどんよりと緑色に濁った川。新陳代謝のない土地。放課後か土日、スーパーのゲーセンなりフードコートなりにいけば同級生との遭遇率は限りなく百％に近い。

初鹿野一家の住まいは近隣でいちばん高層に属するマンションで、そのさらに最上階にいたから一帯を俯瞰《ふかん》するという特権を日々享受していた。ネオンもイルミネーションもない、寂れた街が夜に浸されれば団地のひび割れもコンクリートの剝《は》がれも、児童公園の錆《さび》だらけの遊具も見えなくなって、家々や街灯の明かりだけが浮かび上がってくる。動かない深海魚たち。

毎日のようにベランダに出て、それを眺めながら電話やメールをしていた。夏には炭酸のペットボトル、冬には缶コーヒーを片手に。特別に目を引くものは何もない夜の景色。あのころ流行っていた歌より、欠かさず録画していたテレビ番組より、今もあの光景がまなうらでくっきり灯《とも》っているのだった。

片喰は、中学校に上がる年の春に引っ越してきた。なので入学したときに誰も友達と呼べる人間はおらず、でもそういうハンデがなかったらやつがいきいきと学校生活を送れていたとも思わない。いじめ、と呼べるほど能動的に関わる者はいなかったが、英語の教科書の音読を命じられて蚊の鳴くような声でつっかえつっかえ読み上げる背中にくすくすと笑い声がぶつけられたりするのは日常茶飯事だった。授業中に何かしらを質問されるだけでどうしていちいち絶望的な表情をするのか、初鹿野にはまったく不可解だった。分からなければ素直にそう答えればいいだけで、叱《しか》られたとしてもそんなのは寝るまでに忘れてしまうレベルの出来事だ。

軽くヤンキーにかぶれた先輩に「バミ、ちょっと行ってこいよ」とコンビニに駄菓子を買いに行かされ、代金をもらいそびれることもちょいちょいあったように思う。親愛のこもっていない「バミ」という呼び名はいつの間にか広がり、高校にまで持ち込まれた。中高の六年間、初鹿野が知る限り、片喰は一貫して軽《かろ》んじられがちで人畜無害な存在だった。

その片喰が、自分を好きだと言う。ずっとだと言う。意味が分からない。ずっとって一体いつからだ。

気持ち悪い。朝よりはずいぶんましになった下肢がまた、気《け》だるい痛みを訴えた。

三十分まではまだかよといらいらして、一時間が経過するともうどうにでもしてくれと投げやりな気持ちになり、その後はひたすら、空腹と足裏のだるさだけが頭を支配していた。歩くのには慣れているが、混《こ》み合って身動きの取れない場所でじっと立っているのはつらい。それでも生理現象をもよおさなかっただけ幸運だろうか。結局、予定の二時間遅れで秋葉原に着いた。電車が立ち往生している間に雷雲はすっかり消えている。

駅員に大声で苦情を言いたてる乗客を尻目《しりめ》に改札を抜け、売店で使い捨ての携帯充電器を買った。まさかもう待ってはいないだろう。仕返しにすっぽかされたとでも思っているだろうか。逆切れするようなやつじゃないから、へこみはしても怒ってはいないだろうけど——

いや、どうだろう。未だにもうひとつ実感がわかないが、人を襲う程度の激情はちゃんと持っているのだから。

呼び出し音を聞きながら、柄《がら》にもなく緊張していた。初めての営業先でも、電話で臆したことなんてないのに。

『――はい』

すぐに片喰が出て、初鹿野は開口一番「ごめん」と切り出した。

「雷で電車停まってこんな時間になっちゃって。携帯の充電も切れてて。ほんとごめん、悪い、今どこにいる？」

『ビアガーデンだけど……』

「え……まだ待ってたのか？」

『うん』

気《き》が利かなくてごめんとかしどろもどろ付け足された言葉を遮《さえぎ》って「すぐ行く」と通話を打ち切った。ビアガーデンにひとりでいるだけで結構いたたまれないだろうに、何の連絡もよこさない相手を忠犬よろしく二時間も待ち続けるなんて、元凶としては薄情なのかもしれないが引いた。愚直さが重い。もっとほかにやりようはあるだろ？　と思ってしまう。

でも憤《いきどお》っている暇もないのでタクシーに飛び乗った。つくば行きの終電は早い。十一時までにここに戻ってこられるか。

屋上はまだ人でにぎわっていた。入口の店員に「待ち合わせです」と断って、威勢よく焼きそばが炒められ、フランクフルトがごろごろ転がる鉄板の横をすり抜けて辺りを見回す。外周をぐるりと取り囲む植え込みの側の目立たない場所で、片喰が相変わらず背中を丸めて座っていた。その姿が、初めて記憶の中の冴えない少年と重なる。休み時間も同じポーズで、誰かに命じられでもしたように動かなかった。話し相手がいないから。初鹿野に十分の休憩はあっという間だったけれど、片喰にはきっと長かっただろう。

そう思ったら、今声を掛けるのが、何かしら片喰への救済になるような気がしてきて、そんな自分をごう慢だと思った。はみ出したやつを修学旅行の班に入れてやるみたいな？　弁当の輪に誘ってやるみたいな？　ばかばかしい、お互いもういい大人だ。

「――ごめん」

とん、とテーブルを指で叩《たた》くと片喰は驚いた顔で初鹿野を見上げた。その前には、半分も減らないまま泡が抜けきってまずそうになったビールのジョッキ。

「ほんとに、すぐ来てくれた」

「だからそう言ったろ。てか二時間遅れてるし。……悪かったな、ほんと」

ううん、と片喰は首を振る。

「つくばエクスプレス停まってるって携帯のニュースに入ってきてたからそのせいなんだろうなと思ってた」

事情が把握できてるんならなおさら待ちぼうけせずに済んだだろうに。でもそんなことを言っても始まらないし、もうこれっきり会わない相手だ。さっさと用事を終わらせてしまおうと、きっちりの現金が入った封筒を差し出す。

「これ」

「あ、うん」

困ったように目が泳ぐ。

「ほんとに、よかったのに」

「バカ言え」

席にもつかず立ち去るのもあんまりだろうかと思い、プラスチックの安っぽい椅子に座る。正面から向かい合って、初鹿野は片喰の顔色がひどく悪いことに気づいた。周りがうす暗いせいかと思ってまじまじと見つめたが間違いない。

「あの、何かついてる？」

居心地悪そうに顔を伏せる。眼差しにかすかなはにかみがにじんでいる。やめろ、照れんな。

「お前、顔真っ青《まさお》だぞ。どうした」

「そう？　何でもない」

明らかに心当たりのある表情でとぼけてみせる。摑むでもしまうでもなく、封筒の上で曖《あい》味《まい》に遊ぶ手に触れると「ひゃっ」と飛び上がりそうな声を上げた。だから照れんな。

「つめたい。体調悪いのか？」

「ちょっとだけ」

でも大したことないんだ、と覇気《はき》のない口調で強がる片喰に「立て」と言った。

「会計は？　済んでんの？」

「あ、うん」

「行くぞ……金！」

「ご、ごめん」

封筒を置き去りにテーブルを離れようとしていた。何のために苦労してここまで来たと思ってんだ。エレベーターホールに出ると、明るい中で見る片喰の顔色はいよいよひどいものだった。足取りもふらついているし、今にもぶっ倒れそうだ。一階に下り、タクシーに押し込んで自分も同乗した。

「初鹿野？」

「送ってく」

「いいよそんなの！　大丈夫だから」

「大丈夫ってツラじゃないから言ってんだ」

「ごめん……」

車が走り出すと、片喰は安堵したようにそろそろと息を吐き出した。手が、かたかたわないている。

「寒いのか？　冷房切ってもらうか？」

運転手に聞こえないようにそっと「吐きそう？」とも訊いてみる。片喰は弱々しくかぶりを振った。

「……具合悪いんなら断ったってよかったんだよ」

「ううん……俺、ああいうとこ苦手で……」

「ああいうとこって？」

「壁と屋根がない、ひらけて高いところ。閉所恐怖症の逆みたいな」

「何だよそれ」

つい、とがめるような険《けん》が混じった。

「何で言わないんだよ、そういうことを。知ってりゃほかの店にしたのに」

おまけに二時間もじっと耐えてるなんて、バカ通り越してマゾか。

「ごめん……」

消えてしまいたいという風情で身を縮める片喰を見やって、そうかこいつ言えないんだよなと思った。授業中あてられただけでもあんなに萎縮《いしゅく》して、出欠確認で名前を呼ばれるのすらおどおどして。自己主張がとことん苦手な片喰。高校時代からゼロ成長かとため息をつきたくなったが、それすら気に病んでしまいそうなのでこらえて唇を引き結んだ。

まさか二日連続でこのマンションに来ることになろうとは思わなかった。しかもきのうと逆の立場で。

「迷惑かけてごめん」

倒れ込むようにぐったりとベッドに横たわった片喰がつぶやいた。

「ほんとにもう大丈夫だから、帰ってくれていい」

「俺は大丈夫じゃないよ、もう終電逃してる」

だからここに泊めてくれと頼むと片喰はじっと黙ってから意を決したように「いいの？」と尋ねてきた。

「連れ込んで押し倒す魂胆の仮病だったなら許さないけど、別にそういうつもりじゃないんだろ」

「現場」にふたりきりなんて、もっと自分のほうで張り詰めた気持ちになるのかと思ったが、案外平気だった。加害者が見るからに弱っているからだろうか。今こいつが妙な気を起こしてもどうにかされる気がしない。

「あの……ごめん、本当に……」

「いいよ」

初鹿野はぞんざいに答えた。

「いや、ちっともよくないんだけど、お前謝ってばっかじゃん。あんま恐縮されても、正直困るっていうか」

「初鹿野だって」

「え？」

「『悪い』とか『ごめん』とか、俺に何度も言ってくれてる」

「そうだっけ」

「うん……俺、あんなことしちゃったのに」

泣くのか、お前が泣くのか、と危ぶむぐらい目を潤ませて「初鹿野は昔からごめんとありがとうをちゃんと言う人だった」と言った。犬みたいに真ん丸く揺れる瞳《ひとみ》。女なら大いに母性本能をかきたてられるところかもしれないけれど、初鹿野はただただ持て余す。

どうしたもんかな、と考えてみても応えてやれるわけもない。よく分からない片思いに付き合って悩んでやるほどお人よしでもないから「シャワー借りていい？」と自分の欲求を優先させた。きのうの朝以降風呂に入っていない。

「あ、うん、玄関の横、タオルとかも好きに使って」

「ありがとう」

口にしてから、あ、と気づき、片喰を見ると「ほらやっぱり」というふうに生気の失せた顔で嬉しげに笑った。いや、言うだろ普通に、ここは。調子が狂う。

1Kの部屋もユニットバスも、殺風景なぐらい物は少ないけれどこぎれいにしてあった。ぬるい湯を浴びながらおそるおそるゆうべ挿《い》れられた場所に指で触れてみた。内部まで確かめる勇気はないが、何の異常もない、と思う。あれをカウントするなら、久しぶりのセックスだった。ここ一年ほどは恋人と呼べる相手もいなかったし、最後にしたのがいつだか判然としない。

そういえばあいつはどうなんだ、とふと疑問が頭に浮かぶと途端に猛然と気にかかってしまって、超特急で頭と身体を洗い、ついでに借り物のハンカチも手洗いしてシャワーカーテンを通す棒に干した。

髪の先からしずくがしたたるような状態でベッドに屈《かが》み込むと片喰がびくっと身体をこわばらせる。その小動物みたいな反応、ほんと何とかしろ。

「片喰」

「はいっ」

「お前まさか、俺で童貞失《な》くしたとか言わないよな」

「ち、違います、一応……男の人は初めてだったけど」

「それは俺の台詞《せりふ》だ。……いや、何となく童貞だったらすげーやだなと思って」

くだらない安心をしていると、片喰は急に初鹿野から背中を向け、壁際に丸まってしまう。

「おい、しんどいのか？」

何でもない、とくぐもった声が返ってくる。

「何でもないことないだろ。へんな質問したから怒ってんのか？」

「そうじゃなくて……ごめんなさい」

「は？　何でだよ」

「は、初鹿野が、いい匂いするから、だから……」

白いタオルケットと髪の間から覗《のぞ》く耳のふちが赤くなっていることにそのときやっと気づいた。劣情とは無縁のやさしげな顔してるくせに。ときめかれてもどうしていいか分からないわけで、間抜けな相づちを打つ。

「ああ――うん、まあ、風呂上がりだからね……」

「ごめん」

片喰は虫のようにますます背中を曲げる。

「でも、ほんとに何もしないから……」

「当たり前だよバカ」

タオルケット越しに背中を、もちろん本気じゃない力で殴った。まだしとどに濡《ぬ》れている髪をかきあげる。こっちまで、見せてはいけない姿を見せてしまったような恥ずかしさを覚える。俺はこういうのが、本当に嫌いなのに。でも話の流れが流れだからはっきり告げておくことにした。

「なあ、片喰」

「はい」

「ゆうべのことはさ……むかついてるし、ありえねーと思ってるけど、勝手につぶれたのは俺で、お前はただ心配してここに連れてきてくれたんだろうし」

縮こまった身体が、ものすごく緊張して初鹿野の言葉に耳をそばだてているのが分かった。いつでも片喰は、うっすら静電気に覆われたみたいにぴりぴりしている。

「あんま、はっきり覚えてない部分もあるんだけど……」

そこから先を言うのは、さすがにためらった。

「途中まで、俺も誘ってたぽいっつーか、乗り気なムードがあったよな……？」

夢うつつとはいえ舌も入れたし愛撫《あいぶ》を求めもした、それは事実だ。

「え、えっと、」

片喰の耳がこれ以上ないほど赤らんだ、のでもう一発殴った。

「思い出すな！」

「何で分かったの」

「分かりやすすぎるからだよ！　……とにかくもう、その件はその件で、俺も忘れるから、お前もいちいち過剰に負い目持たなくていいよ。だけど二度とないし、お前の気持ちは、理解することも受け入れることもできない」

ごめんな、と付け加えた一言は実に白々《しらじら》しく聞こえた。身じろぎもせず聞いていた片喰はちいさな声で「うん」と言った。

「分かってる……当たり前だよ。殴られなかっただけでも、初鹿野はやさしい。おととい、遠くからでも、ひと目でも、初鹿野を見れたらって思ってた。初鹿野から声かけてくれて、飲みに行こうって誘ってくれて、夢かと思った。一生ぶんの運を今使ってるって思った」

何も知らないこっちがのんきに話しかけていたとき、片喰の心中ではものすごい盛り上がりがあったわけだ。

「夜のことは、都合のいい言葉だけど、完全に理性が吹っ飛んでた」

本人の言葉を信じるなら何年もひそかに想っていた相手が、目の前で無防備に寝ていれば辛抱たまらなくなるのは分かる。同じ男として。感情は無理だが衝動は納得できる。

「お前、俺が同窓会来るって知ってて来たのか？」

「うん。幹事のｍｉｘｉとＴｗｉｔｔｅｒ見てたから。直前に『初鹿野くんが来ます』ってあって……」

「それ以前のは？」

「一応、ぎりぎりまで出欠チェックして、当日飛び込みで来るかもしれないから会場の向かいの店から見てたり」

きっぱり振られたことで却《かえ》って気が楽になったのか、片喰の口調はいつになくさばさばしていた。それで初鹿野もはっきりと「こわ」と言った。

「怖い、怖いよお前それは。俺が女なら戦慄《せんりつ》してる」

「ごめんなさい」

「まあ行かなかったけど」

「おとといは、初鹿野が来るって知って、俺もぎりぎりで申し込んで……『夏目』でメールしたんだけど、それじゃみんなが分かんないからって『片喰』で名札作られてて。でも俺は、こっそり初鹿野が見たかっただけで別に誰にも分かられたくなかった」

だから裏側に自分で「夏目」と書き込んだわけだ。

「『片喰』のままでもよかったんじゃね？　はっきり言ってお前、生まれ変わったレベルで男前になってるよ。お前のことからかってた連中も何も言えなくなってたと思うけど」

「そういうの興味ないし、あのときは髪も服も、百貨店と美容院に駆け込んで全部やってもらったから。万が一にも初鹿野と口きけるようなことがあったら、みっともないかっこじゃ駄目だと思って」

あの騒がしい会場で、ぽつんと壁際に佇んでどこにも属さなかった片喰を思い出す。根本的な部分でこいつは何も変わっていなくて、あんな大掛かりな宴会に出るのはいやだったに違いないのに、ただ自分を見たかったのだと言う。温める思い出さえなくても。同情と疎《うと》ましさの両方を覚えた。

「途中で、何度も片喰だって名乗ろうとしたけど、その、昔、あんなことがあったから……きっと不愉快になるって思ったら怖くて、騙《だま》すみたいになって……それも、ごめん」

「あれはお前に関係ないじゃん」

強い口調で言った。会いたくなかったという自分の心境は棚に上げて。

「そうだけど、」

「俺にも関係ない。そうだろ」

お互いに黙りこんでしまう。あれこそどうでもいい、昔の話だ。だからこそ避けるのも不自然だと思って初鹿野は尋ねた。

「お前、親父さんと会ったりしてんの」

「ううん、たまに手紙が届いて、電話でぽつぽつ喋る程度。……初鹿野は？」

「没交渉」

「そっか……」

初鹿野の母親は、片喰の父親とできてしまって家を出た。高三のときだった。

ある日帰宅したら、いるはずのない時間に父親が家にいて、母親と神妙な面持ちでテーブルを挟んで向かい合っていて、ふたりの間には離婚届があった。その光景を目撃した瞬間の、え、なに、という、六時間目の授業も帰りに寄ったコンビニの前で食べたアイスも、日常のすべてが一瞬でぽーんと遠くへ投げやられてしまった感覚は忘れがたい。当時小学二年生の妹は学童に預けられていて、母親は真っ赤な目で初鹿野を見て「ごめんね」と言った。

そして父親が唐突に「めしでも食いに行くか」と初鹿野だけを連れ出した。この状況でファミレスってどういうセンスだ、皮肉か、と思ったのもよく覚えている。育ち盛りがそのときばかりは食欲も出ず、ドリンクバーだけ頼んだ。

どうせそのうちに分かってしまうことだから、といきさつを説明された。母親が半年前から妻帯者と不倫していたこと、どうしてもその相手と一緒になりたいこと、相手も同じ気持ちで、離婚に向けて準備を進めていること。父としてももう引き止める気はないが、親権は渡さないこと。

——もちろん、柑の意思が第一だから、お前が母さんと暮らしたいっていうんなら……。

——いや、いい。

名前も顔も知らないおっさんを新しい父に設定して暮らすぐらいなら多少の不自由は我慢

してもここに残るほうがよっぽどましだ。もう母親を必要とする年齢でもなかったので、率直な感想は「いい年こいて何とち狂ってんだか」に尽きた。中年の男女が恋愛をするなんていうこと自体、十八の少年の目にはひどくこっけいなのだった。ましてや不倫、という言葉のうす汚れてB級な感じ。どうした母さん、へんなドラマにでもかぶれたか。

——で、その、母さんの相手なんだが……。

父親はわざとらしく咳払《せきばら》いした。

——いいよ別に、興味ないし。

——いや、そういうわけにもいかないと思う。

——何で。

——母さんがパートに出てた工場の課長さんなんだが……。

こんなときにも「課長さん」なんて言ってしまう父の人のよさが何だか腹立たしかった。

——息子さんがいて、お前と同じ高校らしいんだよ。片喰くん、て知ってるか？

——……は……？

人生であれほど驚愕《きょうがく》した瞬間はない。男と寝たのといい勝負だ。それから一週間ほどして母は家を出て、初鹿野はわざと出かけていたが帰ったら妹が泣きじゃくっていた。あほらしい愁嘆場《しゅうたんば》に居合わせなくてよかったと思った。片喰家の修羅場《しゅらば》がどんな顛末《てんまつ》だったのかは知らないし、片喰と話すこともなかった。母親の不在は父親を老け込ませ、妹を一時情緒不安定にさせたが、三カ月もすれば元から三人家族だったかのように普通に機能していた。

「まだ続いてんのか、あいつら」

「うん、そうみたい」

母の消息は知らない。父に訊いて会うつもりもない。妹も気を遣っているのかそれとも怒っているのか、その件に触れなかった。謝罪も和解も億劫《おっくう》、というのが本音だった。許してもらえないに違いない、と向こうが思い込んで連絡してこないのならそれに越したことはない。騒動のとき、もっと子どもなら泣いて縋って恨んだだろうし、大人ならいくぶんかの理解を示せただろう。そのどちらでもない微妙な時期に起こってしまったものだから、半端な軽べつが十年経っても宙ぶらりんのままだ。

「お前の親父さんて、どんな人だった？」

「普通。ほかに何て言っていいのか分からないぐらい、とにかく普通。家じゃあんまり存在感なくて、しゃべらなかったし。……身内だから庇《かば》うわけじゃなくて、よその家庭を壊すような人じゃなかった。そんな大それたことできないはずだった」

「うちもそうだった」

家事をして、パートに行って、小言を言って、どこにでもいる主婦で、母親だった。外に男ができたから身なりが派手になるとか、妹の相手をおろそかにするということもなかった。だから未だに、狐《きつね》につままれたような気持ちもすこしある。

片喰は余計なことは言わなかった。たとえば「元気にやってるみたい」とか「連絡してあげれば」とか口出しされれば不快になっただろうが、そこまで踏み込まれることもなく、また部屋が静まり返っただけだった。

初鹿野は話題を変える。

「お前、何の仕事してんの」

「漫画のアシスタント」

「それって先生んとこ行って色々するんだろ、めし作ったり、泊まり込んだり。大丈夫なのか、人間関係」

ついいらない心配をすると「在宅でいいんだ」と答えた。

「パソコンでデータのやり取りして、急ぎの連絡はスカイプかメッセンジャーで済むし」

確かに、狭い部屋には少々不釣り合いな印象の、モニターのでかいデスクトップパソコンが置いてある。

「ふーん。便利な時代でよかったな」

「うん、ほんとに」

「うんじゃねえだろ」

笑った拍子にあくびがこぼれた。もう日付が変わっている。「寝ていい？」と尋ねると片喰が慌てて起き上がった。

「ごめん、うち客用の布団ないから、俺が床で……」

「何でだよ。具合悪い家主を床で寝かせるとか、ないだろ。気にすんな」

立ち上がって電灯の紐《ひも》を引くと、さっさと寝転がった。いいから、と重ねて言うと片喰はようやくのろのろと横になる。

「初鹿野」

「うん？」

「早坂さんと、どうして別れたのか訊いてもいい？」

「受験勉強」

そっけなく答えた。

「そっか……」

ほんとうのことを言えばそれは一因に過ぎなかったが片喰に全部打ち明ける気にはなれない。頭上でオレンジ色の豆電球が鈍く灯っている。

「おととい会ったとき、」

片喰の声は、暗い中をひたひた忍んでくるように聞こえた。

「最初、遠くから、初鹿野の指ばっか見てた。指輪、してたらどうしようって。別にしてなかったら独身とか恋人がいないってわけじゃないし、俺に望みがあるわけでもないのに、分かってて、分かってるけど、指輪してないの見たらすごいほっとした。……ごめんね」

初鹿野は返事をしなかった。何に対するごめんねなのか分からないから。俺はきのうから数えて、何度こいつに謝られたんだろうと思った。

朝は五時半に起きた。いったん家に帰って着替えなければ、さすがに三日連続はまずいだろう。ハンカチにアイロンもあてたいし。初鹿野の眠りが浅かったのは単に寝心地の問題だが、片喰の赤い目には色んな物思いがあったに違いない。

「ごみの日だから、一緒に下りてもいい？」

精いっぱいさりげないふりをしながら、勇気を振り絞っているのが丸分かりの顔つきで片喰は言った。口実のわざとらしさと、身体の両脇でしきりとTシャツを引っ張って握りしめている両手の愚かしい痛々しさに気づかないふりをして頷く。ごみ袋ぐらい持てよ。

エレベーターの中で、点滅し、移っていく階数表示をにらみながら「お前さ」と言った。

「俺が、高校のときとは変わり果ててるかも、とか思わなかった？」

「え？」

「はげたりメタボになってたり……お前はいいほうに変わってるから想定しなかったのかもしれないけどさ、十年も経ったら見分けもつかない人間になっててもおかしくないだろ」

「分かるよ」

片喰は迷いなく断言した。

「どんなに変わってても、初鹿野なら分かる」

「何で」

扉が開く。エントランスのガラス越しに、まだ淡い早朝の陽《ひ》が透けている。

「初鹿野は光ってたから」

こっぱずかしい比喩《ひゆ》かと思った。でも片喰の言い分はもっとぶっ飛んでた。

「ほんとに、俺の目には、初鹿野の周りだけぴかぴか光って見えてた。初めて見たときからずっと。授業中も昼休みも全校朝礼でも。みんなの目にはそう映ってないみたいなのがふしぎで仕方がなかった。誰も言わないから。俺は頭がおかしくなったんだって思った」

「……それで、」

外に一歩、踏み出して片喰を振り返る。まぶしげに細められた目と出会う。

「お前には今も、光って見えてんの？」

「うん」

片喰はおそれていないように見えた。今だけは、初鹿野のどんな反応も。いったいこいつはか弱いのか図太いのか分からなくなってしまう。

「好きだから光って見えるんじゃない、初鹿野が、初鹿野だけが光って見えて、何だろうって目が離せないでいるうちに、好きになってた」

「おかしいよ」

初鹿野は言った。

「お前、絶対おかしい——……気持ち悪い」

告げるのと同時にまた背中を向けた。片喰の顔を見ないようにした。いい気分はしないが後悔もない。偽りのない感想だった。片喰、人間は光らないよ。そんな遺伝子持ってないんだから。

駅へと急ぎながら、奇妙な一夜について思った。絆《きずな》など育まれたわけもないのに、濃密な時間だった。全部ではないにしろ本音で、誰かとサシで長くしゃべったのもずいぶん久しぶりのような気がする。最近は飲みに行っても仕事のことばかりだ。上司の愚痴、同僚の噂話、業界の動向、待遇への不満。それらを禁じられたらきっとすぐに話題は尽きてしまう。

何か俺たち、友達みたいだったな。そういえば片喰は喜んだだろうか。がっかりしただろうか。

その晩もまた都心に出て、菓子折を買ってから「あかり」に行った。こう連日だとさすがにくたびれるが、営業の性《さが》で謝罪とお礼はできる限り迅速に、がしみついてしまっている。

開店したばかりの店内はまだがらんとしていて、カウンターの中には椿とよく似た顔立ちのママがいた。どうやら母子で切り盛りしているらしい。

「あら」

「どうも先日は、ご迷惑をおかけしました」

頭を下げて和光《わこう》の紙袋を差し出すと椿は「お気になさることないのに」と言ったが、初鹿野の再訪を予想していたような表情だった。

「ハンカチも……いつの間にかお借りしてたみたいで。恥ずかしながら僕、全然覚えてないんですが」

「ああ、ちょっとだけお酒がこぼれてかかっちゃったから。わざわざ洗って下さったのね。どうぞ――何かお飲みになる？」

「じゃあ、ビールを」

前と同じ席に通される。

「お身体はもう大丈夫？」

「ええ」

くすくす笑う椿に「何ですか」と尋ねると「あのときのてつくんがおかしかったから」と赤い唇をますますほころばせてみせる。

「あの人こそ、心配でどうにかなりそうってぐらいおろおろしてたわ」

バカ。容易に想像できて笑えなかった。

「……ハンカチぐらい、てつくんにことづけて下さってもよかったのに」

「あいつが来る口実作ったほうがよかった？」

半信半疑でかまをかけてみたのだが、どうとも取れる微笑だけが返された。おいおい、まじか。

「同級生の方をお連れするって言うから、どんな人が来るのか楽しみにしてたの。てつくんの口からお友達の話なんか聞いたことなかったから」

「がっかりしたでしょ？」

「まさか。ただ、意外だっただけ。初鹿野さんって見るからに社交的で、ずいぶんタイプが違うように思えたから」

そりゃ友達じゃないからね、と口には出さずにビールを飲んでいると椿が「知ってる？」と訊く。

「てつくん、中高ずっと好きな人がいるんですって。会えたのかしらね」

むせなかった自分を褒めてやりたい。ただ、動揺はばれているかもしれない。

「へえ、初耳」

「そう、残念。どんな人か知りたかったのに」

「片喰に訊けば？」

「恥ずかしがってあんまり教えてくれないの」

その顔に「そういうところもかわいい」と書いてあるのが分かったのでつい大人の礼儀も忘れて「あいつのこと好きなの？」と切り込んでしまった。

「好きよ。正確には、好きだった、だけど。特別な意味での話なら」

直球を、これまたバットの真芯で捉えた椿をまじまじと見て、ほんの一瞬、壁の絵に視線を移すとまた椿に帰る。

「あ、ごめん、二度見しちゃった」

「そんなにびっくりするようなこと？」

「いやー……だって、何つうか……うーん、参考までに、どこが好きなのか伺《うかが》ってもいいすか？」

「やさしいところ」

「優柔不断なんじゃなくて？」

「それは受け取り方じゃない？　他人をけなしたり笑ったりしないところ、てつくんをやっかんでいびるような先輩でも、酔っ払ってトイレでうずくまってたら介抱せずにいられないようなところ」

何だ、アシスタントの世界ってそんなどろどろがあるのか。在宅仕事とはいえある程度のしがらみからは逃れられないものらしい。それにしてもやっかまれるほど優秀なのか。あいつ、そんな話全然しなかったな、と思った。

「本人はそれ、知ってるの？」

「伝えはしたけど、相手にされなかったわ」

「えぇー……」

「さっきからよく驚くのね」

驚くなと言うほうが無理だ。〇〇のくせに生意気だ、という伝説のフレーズがどうしても頭をよぎる。あ、でも童貞じゃないんだっけ。片喰のことがさっぱり分からない。

「初恋の彼女に誰も勝てないみたい」

椿はほほ笑ましいニュアンスで話すが、それは欲目というものだろう。当人としては冷や汗ものの証言だ。

「……そういうの、どうなんすかね」

「どうって？」

「ずっと想い続けてる、って、いかにもロマンチックに聞こえるけど、相手からしてみたら得体の知れない、気持ち悪い話じゃないのかな」

「好きなら嬉しいと思うけど」

「好きならね。セクハラかコミュニケーションかって問題と一緒で、要は受け取り方ひとつだ」

早口に言って、ビールを飲み干す。

「お代わりは?」

「あ、いや、家が遠いし、きょうはちょっと疲れてるんで」

「じゃあ、もう一杯だけビールを、私からごちそうさせてちょうだい」

辞退するタイミングを与えずに空のグラスを持って立ち上がった椿の後ろ姿をこっそり見る。一本、芯の通ったようなまっすぐな背中。あの猫背に見習わせてやりたいぐらいなのに、彼女はそいつが好きなのだという。女心は分からない。

「どうぞ」

「どうも」

二杯目を初鹿野の前に置きながら椿は「そういえば、てつくんのいいところをもうひとつ思い出したわ」と言う。「何でしょう」と儀礼的に水を向けると鉄壁の笑顔で言い放たれた。

「あの人はね、たとえ何があろうと、他人に対して『気持ち悪い』なんて表現は使わない」

「……俺に怒るためにおごってくれたの?」

こっちだって好きで言ってんじゃない。ただもう、これぱっかりは初鹿野にもどうしようもないのだった。

「そう聞こえた？　ならごめんなさい」

とぼけやがって、と思ったが腹は立たない。自分に気がないと分かり切っている女とおしゃべりするのは気楽でいい。付き合い上、断りきれない合コンなんかよりはよっぽどましだ。

「片喰は、その、好きなやつの、どこがいいんだろ」

「ほんとにてつくんから何も聞いてないの？」

「だってあいつ、極端に内気だから」

半分以上予想していたから、「全部ですって」と教えられてもそ知らぬ顔をつくることはできた。

「勉強もスポーツもできて、裏表がなくて、人望があって、遠くから憧《あこが》れて見てるだけの、全然手の届かない相手だったって。どうしても一緒の高校に入りたくて一日十二時間ぐらい勉強して、それから……よく分からないけど、その子のおかげで自分の名字が嫌いじゃなくなったんですって」

「名字？」

「片喰って珍しいでしょう。電話口だといちいち説明しなくちゃならないし。ずっとコンプレックスだったらしいの」

「『その子のおかげ』ってどういう意味だろ」

初鹿野が訊くのもおかしな話だが、まったく覚えていない。「お前の名前いいね」とか言ったか？　いや言わない。椿も「さあ」と小首を傾げるだけだった。

「またいらしてね」

別れ際にそう言われたので「片喰と？」とからかったら「意地悪ね」と本気じゃない目でにらまれた。

「言っておくけど、昔の話よ」

「もう諦《あきら》めたってこと？」

「思い出と勝負したって無駄だもの」

椿はあっさり言った。

「でも、ちょっと興味というか、いやらしい期待はあったわ。思い出の中の、輝いてた女の子が結婚や出産をしてたり、もしくは落ちぶれたりしてたら、この人はどう思うんだろうって」

「……怖いな」

ごちそうさまを言った笑顔は引きつっていたかもしれない。

変わらないんだって、と言えるものなら言ってやりたかった。十年も経ったのに、未だに光って見えるんだって。バカだろ？　気持ち悪いだろ？

初鹿野は目立ちたがり屋ではなかったが、少々人より頭の回転が速かったので、物事をてきぱき効率よく進めることができたし、クラスメートの適性を見定めて作業を割り振るのも得意だった。「初鹿野がいたら担任はいらないな」と言われたこともある。でもそれがどうした。学力も運動能力もまんべんなく申し分ないレベルだったが、そんなのはしょせん母数数百の狭い世界においての話だ。全国模試で名前がランクインするほどでもなく、スポーツの大会で成績を残すほどでもなく。器用で小利口、ただそれだけだ。

それだけのことが、どうして片喰には十年経っても分からないんだろう。

しばらくは仕事に没頭した。成長分野だし、開発競争も激しいので意識しなくてもやることはいくらでもある。新聞や業界誌にくまなく目を通し、勉強会やセミナーにもまめに通った。最近は、高校の生物実習用に「蛍光たんぱくを用いた遺伝子組み換えキット」なんていうのも販売していて、教員向けの説明会では初鹿野が実演して見せた。蛍光たんぱく遺伝子を組み込んだ試薬を大腸菌に導入し、繁殖させる。高校生にできるぐらいだから特に難しい作業はないのだが、ブラックライトの下で緑色に光るコロニーに「おおっ」と声が上がるとちょっとした手品師気分を味わえて楽しい。

残業して社内会議用の資料を作っていたら夜中の二時になってしまい、休憩するかといつもの研究員室を訪れると、無人の部屋からかすかな物音が聞こえた。しゃりしゃりと、ごくちいさなぜんまいを巻いているような。しかしどう見ても人が隠れられるような場所はない。じっと耳を澄ませていたので、いつの間にか背後にいた葛井には気づかなかった。

「初鹿野、まだいたんだ」

「わっ……びっくりした」

さして悪びれもせずに「ごめん」とコンビニの袋をぶらぶらさせる。

「お前こそ何やってんの」

「レポート作ってたら電車なくなっちゃった」

「社宅入ればいいのに。開発なんかただでさえ不規則なんだから」

「やだよ、休みの日にまで会社の人間と遭遇するなんて悪夢だ」

誰ともご近所になりたくない一念で交通の便の悪い、辺ぴなところをわざわざ選んだらしい。ひとり志向もそこまで行くとあっぱれだ。

「ところで、何で入口で突っ立ってたの」

「いや、何か変な音が」

「ああ、たぶんこれ」

キャビネットの中から抱えてきたのは、大きなプラスチックの飼育ケースだった。ぎっしりと何かの葉が敷き詰められている。さっきの音が大きくなる。発信源は確かにここらしい。

社長がもらってきたんだけど、と葛井は付き合いの深い関連企業の名前を挙げた。

「何これ」

自分の目でどうぞ、というふうに蓋《ふた》をずらしてみせるので、覗き込む。

「……げ」

白く、丸々した虫が一心に葉を食べている。しゃりしゃりの正体はそれだった。すぐにぴんときた。

「蚕《かいこ》か」

「そ」

それもただの蚕じゃなく、オワンクラゲやサンゴの蛍光たんぱくを導入されたものだろう。

青色発光ダイオードをあてると緑やオレンジに浮かび上がる繭《まゆ》を紡《つむ》ぐ。光る天然シルクだ。

「何匹いんの？」

「三頭」

「匹だろ」

「蚕は家畜だから頭で数えるんだよ」

「へー、ひとつ賢くなった。で、どうすんのこれ」

「そこなんだよね、問題は。今、二齢《にれい》っていって幼虫としてもまだ初期段階らしいんだけど、後二週間もしたら繭作っちゃう」

さして困っていなさそうな顔で答える。

「なしくずしに僕が世話係になってるんだけど。ていうかみんな、気持ち悪がって近寄らないから」

「うん、俺も正直あんまり……お前はかわいがってんの？」

「かわいくはないけど、牙《きば》や毒があるわけじゃないしね。ライオンの面倒見ろって言われるよりいい」

「お前のそういう、割り切りきったとこ、俺は時々尊敬するよ……」

「普通だよ」

葛井は蓋を閉めて「後先考えずに持ち帰ってくるんだから」と珍しく愚痴らしきものをこ

ぼした。

「繭取ってみたらどうだ、とか言われたんだけど、そんなのやったことないし忙しいし。大体、一頭あたり一五〇〇メートルぐらい取れちゃうんだって。持て余すよね」

「ていうかそんな無造作に置いといていいのか？　遺伝子組み換え生物だろ。逃げ出したら大問題じゃねーの」

「それについては初鹿野こそ、じゃない？」

「うちのは水槽にいるんだから逃げようないもん」

「蚕も危険性は限りなくゼロだよ。野に放してもあっけなく死ぬ」

「何で」

葛井はソファーに座って袋からサンドイッチを取り出した。

「こいつらがもりもり食事してんの見てたらお腹減っちゃって。初鹿野も食べる？」

「いや、いい」

どういう神経してんだ。

養蚕《ようさん》の歴史って五千年以上なんだって、とハムサンドをかじりながら言う。

「ふーん」

「五千年も飼われてるとどうなるかっていうと、完全に家畜化されて野性の本能を喪失してる。生き延びられないっていうのはそういう意味だよ。木に掴まる力もないからすぐに落っこちて他の動物に捕食されるだけだろうね」

しゃりしゃりしゃりしゃり、葉を食《は》む音からは貪欲なほどの本能を感じさせるのに。

「繭を取らずに、そのまま羽化させたら？」

「同じだよ。退化しきった羽じゃ飛べない、口がないから餌《えさ》も摂れない、十日もすれば死ぬ。そもそも、繁殖用に羽化をさせてもらえる個体だってほんのわずかで、ほとんどは繭のうちに煮殺されることが決まってる」

煮殺す、という表現のインパクトに思わず「残酷だな」と呟いたが「初鹿野は肉も魚も食べないの」と訊かれれば返す言葉なんてない。

「お前、ほんとにこれ茹《ゆ》でんの？」

「気が進まない」

ちょっとは情も移るし、と人間らしいところを見せた。

「卵産まないように隔離して、別々に羽化させて天寿をまっとうしてもらうかな」

「そっか」

「蛹《さなぎ》、佃煮《つくだに》にして食べれるらしいけど、三頭じゃおやつにもなんないし」

「やめてまじで……俺、戻るわ。お疲れ」

「寝にきたんじゃなかったの」

「眠気が覚めた」

といって仕事を再開する気にもなれなかったので家に帰ることにした。ここまでやる、と決めたラインを達成せずにおくのは初鹿野には珍しい。

片喰を、思い出してしまった。最近は仕事一色で考えなかったのに。あの晩、白いタオルケットの中で丸くなっていた片喰と、蚕の繭が重なった。学生のころは、それこそ自分の吐いた糸の中で膝を抱えているようなやつで、さなぎを経て生まれ変わったのかと思えば駄目なところは駄目なままで。

上《うわ》の空で歩いていたら、いつもは通らない公園の中に入り込んでいた。突っ切れば自宅は目の前だが、男でも夜は物騒だし痴漢に間違えられたりするともっと悲惨なので避けていたルートだ。しかし引き返すのもおっくうだったのでそのまま足を進める。

ちゃりちゃりと手の中で遊ばせていた家の鍵がこぼれて、コンクリートの上で大きくバウンドすると遊歩道脇の芝生《しばふ》に音もなく着地した。余計なことばかりに気を取られているから。ため息をついてしゃがみ込み、手を伸ばしたとき見覚えのあるものに気づく。

ハート形の葉が三枚ついた、ちいさな植物。茎を中心にそれらは傘をたたんだようにしんなりすぼまっている。夜はこうして閉じる習性があるのだ。初鹿野はそれを知っている。あ、何だっけこれ、あの団地にもいっぱい生えてた——。

思い出した。

カタバミだ。

中学のとき、理科の2分野の授業で「学校の敷地にある草花の分布状況を調べる」というのをやった。二クラス合同で、初鹿野が三組、片喰が四組だった。めいめいが校舎裏やグラウンドの隅に散らばって探索するうち、誰かが「先生！」と声を上げる。

――クローバー見つけた！　いっぱい生えてる！

四つ葉探さなきゃ、とはしゃぐ子どもたちに教師は苦笑して言った。

――それはな、クローバーと似てるけど、カタバミっていう雑草なんだ。

何だ違うの、という落胆に交じって「カタバミだって」という笑い声が起こった。

――バミ、雑草じゃん。

――雑草鉄之助。

――お前ら、カタバミってすごいんだぞ。地下にびーっしり根っこ張ってるから、抜いても抜いても生えてくるんだ。うちの花壇なんかカタバミだらけだからな。

何を思っての発言だか知らないが、その無意味なフォローは「バミうぜー」「先生んち行って抜いてこいよ」とますますからかいを助長させ、片喰はじっと押し黙って足下を見つめていたが、その目が何も探していないことはすぐに察せられた。

その日の放課後、ごみ捨て場に行ったら同じく当番だったらしい片喰とかち合って、そそくさと逃げるように立ち去ろうとする背中に初鹿野は思わず「片喰」と声を掛けていた。

――団地にもあるよな、カタバミ。

――……うん。

細々とした、やっと聞き取れるぐらいの声が返ってくる。

――知ってる？　あれって、夜とか雨の日は葉っぱ閉じてんの。実がなったら、指で触ると種が弾けて、爆弾みたいでちっさいころよく飛ばしてた。俺のせいで殖《ふ》えたのかな？　でも面白いから好きだったよ。

何らはかばかしい反応はなかったが、そういうやつだと知っていたので特に気にも留めず、友達に「帰ろうぜ」と呼ばれたので片喰を追い越して行った。

――じゃあな。

ただそれだけの、今の今まで忘れていた出来事だった。慰めようとか元気づけようなんて考えはなく、たまたま片喰がそこにいたから話しかけたに過ぎない。なのに。

――その子のおかげで自分の名字が嫌いじゃなくなったんですって。

片喰は、後生大事に覚えていた。何だよ、俺がすげえ薄情者みたいじゃないか。

乱暴に鍵を拾い上げてずんずん歩いた。片喰に対して薄情でも、何も困りはしないのに。

いらいらでもむかむかでもなく、ただ何か、いてもたってもいられないように身体の中がざわめいて落ち着かなかった。深夜残業の後にも拘わらず、どこに向けていいのか分からない力が湧いてくる。今なら強盗が現れても一喝して撃退できそうだ。

家に帰ると、靴も脱がず玄関に立ったまま電話をかけた。非常識な時間なのは承知の上だ。

『……もしもし？』

相変わらず活気のない声が出る。

「初鹿野だけど」

こんな遅くにごめん、とは言わなかった。

「あのさあお前、来週の土曜ひま？」

『えっ？』

「飼ってる魚見に来るって、先月言ってただろ」

『え、あ、でも、』

たぶんものすごい葛藤《かっとう》に陥っているのだろうが、真夜中の懊悩《おうのう》に付き合っているとこっちまで揺らぎそうなので敢《あ》えて強い口調で詰問した。

「来るのか来ないのか、どっちだ。今決めろ」

『い、行かせていただきます』

何でこいつ、追いつめられると敬語になるんだろう。

「よし、時間と住所は後でメールする。駅まで迎えに行ったほうがいい？」

『たぶん大丈夫』

「了解――あ、後、手土産持ってこようなんて考えるなよ。手ぶらでいい。普段着で。何も頑張らなくていいから」

何日も頭を抱えずにすむように、釘も刺しておく。短い通話を終えてからドアにもたれて目を閉じた。鼓動が速いのは、片喰の緊張がうつったのか。

やらかした、どうすんだ、という後悔は大きい。ほだされたんだか流されたんだか、付き合う意志も覚悟も、何より気持ちもないくせに、ほんのいっときの感傷で動いてしまった。夜の物思いなんて、陽が昇れば泡よりたやすく消えてしまう。生ぬるい情けをかけたところで、最後に傷つくのは片喰に決まってるのに。生きられもしない虫を自然に放す偽善。

それでも、今我慢したら朝、朝我慢したら昼休み、昼休み我慢したら夜に、やっぱり電話をかけていただろうとも思う。自分の残酷さを分かりながら、どうしたいのかは分からない。会えば分かるのかどうかも。

心臓の音を聞きながら、ゆっくり目を開ける。部屋の片隅で、うっすらと赤いものがゆらゆら漂っている。

午後三時、という半端な時間を指定したのは食事どきを避けたほうが互いに気楽だと思ったからだ。きっちり五分前にドアホンが鳴り、確かめもせず扉を開けると案の定、片喰が罰ゲームみたいな面持ちで棒立ちになっている。

「……おう」

いらっしゃい、とか言うのも気恥ずかしくてぶっきらぼうに声を掛けると上ずった声で「こんにちは」と言った。

「上がれよ。適当に座ってて」

「お邪魔します」

ロボットじみたしゃちこばった動作には言及しないでやることにする。

「コーヒーでいいか？」

「お構いなく」

オカマイナク。練習の跡が窺える抑揚のない台詞に笑いそうになった。こいつ全然変わってないな、という気持ちはこのときどういうわけだか呆れより安堵に近かった。

ふと見れば、クッションを用意しているのにわざわざよけて床に正座した片喰は、ローテーブルの上に開きっぱなしの「サイエンス」をおそるおそる覗き込んでいる。

「興味あるんなら読めば。バックナンバーもあるけど」

「読めないよ！」

滅相もございませんというふうにかぶりを振る。

「全部英語……初鹿野はすごいな」

海外製品のプレスリリースや説明書に目を通すこともあるので、勉強と情報収集を兼ねて英語版を定期購読している。

「俺だってしょっちゅう辞書引きながらだよ。いっぱい印ついてるの、全部分かんなかった単語。かっこ悪いだろ」

「初鹿野はいつでもかっこいい」

憧れやら尊敬がぎっしり詰まった眼差しを向けてから、急に気まずい顔つきになる。一カ月前の別れ際に初鹿野が投げつけた言葉を思い出したのかもしれない。

「片喰」

「……はい」

「ほんとはきょう、何時にここに着いてた？」

ぐっと口をつぐむ片喰に「正直に言え」と追い打ちをかける。

「初鹿野はやっぱり俺の心を読んでるんじゃ」

「お前のやりそうなことぐらい予想つくようになってんだよこっちは——で、何時？」

「一時」

「二時間前って」

「この前みたいに電車停まったら困ると思って」

「どうやって時間つぶしてたんだよ」

「裏手に公園あるよね。あそこのベンチからこのマンションちょうど見えたから座ってた」

「お前、広いとこ駄目なんじゃなかったっけ」

「大きい木がいっぱい繁ってたから平気」

「じゃあ俺がベランダで洗濯もの干してたのも見てたんだ」

「……うん」

「何で赤くなってんだ」

「ご、ごめん、でも、公園にいるお母さんたちがひそひそ言ってるのが分かってすぐやめたよ、ほんとだよ」

「それからは？」

「そこらへんうろうろしてた。初鹿野の住んでる街だーって」

お疲れ様とねぎらうべきか、このストーカーがと怒るべきか。

「ところでお前、椿さんのこと振ったんだって？」

「え」

唐突に話を変えられて片喰はぽかんと口を開ける。

「言ってたぞ、告《こく》ったけど相手にされなかったって」

「そんなのされてない」

「じゃあ忘れてんだろ。それか気づいてないか」

じっとフローリングの木目に視線を落としていたかと思うと、不意に「ひょっとして」と呟いた。

「一年以上前だけど『私じゃ駄目？』みたいなことを……」

「どう考えてもそれだろ」

「え、でも俺が、何て言うかその、いつまで経っても初鹿野のことばっかりで、あ、名前は出してないから、それで心配してくれたのかなって思って、」

「――だから？」

早く結論を言え、と若干苛立ちながら急《せ》かすと「『気を遣ってくれてありがとう』って言った」。

「……それ、最低だな」

「えっ、だって冗談だよね？」

「最悪」

「もっと気の利いたこと言わなきゃいけなかった？　今からでも謝ったほうがいい？」

ほんとうに分かっていないらしい。おろおろと慌てふためくさまを見ていると、つくづくこれと一線越えてしまったなりゆきがふしぎでならない。

「何も言わなくていいと思う」

初鹿野は立ち上がり、寝室とを区切っている引き戸を開けて「こっち」と促した。

「戸、閉めといて」

片喰は不自然なまでにベッドから目をそむけている。そうあからさまに意識されるとこっちまでやりにくくなってくるんだけど。あえて乱暴にカーテンを引くと、昼下がりの部屋が急にうす暗くなった。

「は、初鹿野？」

「いちいち動揺すんなっての。暗いほうが分かりやすいから」

ほら、とサイドボードにある水槽を示す。泳いでいるのは、熟したすいかに似た朱色をした、五センチほどの魚だ。

「グローフィッシュ」

卓上型のブラックライトを傾けて照射するとその身体はぼうっと光を帯び、赤が水中へにじんで溶け出すように見えた。

「わ……」

片喰の横顔は、クリスマスのショーウィンドウに張り付く子どものそれみたいだ。

「これ、もとは違う色なんだよね」

アクリルにそろそろ指を触れさせて尋ねる。

「うん。ゼブラダニオっていう黒っぽい魚。魚卵のうちに遺伝子操作してる」

「きれいだなあ……これ、ペットショップで売ってる？」

「無理。アメリカでは売ってるけど、日本は、カルタヘナ法っていう組み換え生物規制の国際法を批准《ひじゅん》してるから、輸入にものすごく厳しい。これは国内で実験用につくったのをこっそりもらった。あんま人に言えないっていうのはそういうこと」

　もともとは河川に含まれる重金属に反応して光るよう、水質調査を目的に研究されていた魚が、物珍しいペットとして市販されるようになった。アメリカでは、アレルギー物質の発生をあらかじめ抑制された猫なんていうのも売られている。

「川に放したらどうなるのかな」

「在来種との交雑が進むかどうか？　まずありえないとは思う。原種のゼブラダニオが適応力弱くて、もともとの生息地以外で繁殖しないらしいから。でも完全なゼロじゃないだろうな。光る性質は受け継がれるから、それこそ生態汚染《バイオハザード》だ」

　ライトを切っても、片喰は魅入られたようにそこから目を離さなかった。

「光る生き物は、何のために光るんだろう」

「ひとつはコミュニケーション、たとえばホタル。明滅のパターンで求愛や威嚇《いかく》をしてる。光る液体を出して敵から身を守るのもいるし、逆に光でエサをおびき寄せるのもいる。でも、大半はまだ分かってない」

光を放つキノコはたくさんあるが、身動きが取れず、光を感知することもできない菌類にどうしてその機能が必要なのかはっきりしない。

「そうなんだ……」

片喰は魚に夢中で、初鹿野がベッドに腰を下ろしたことも、その拍子にスプリングが軋《きし》んだことにも気づいていないようだった。

「……悪かったな」

「え？」

途端に振り返られてしまった。いちいちこっちを見なくてもいいのに。

「こないだ。気持ち悪いとか言って」

「そんなの——普通の反応だよ。むしろはっきり言ってもらえてよかった」

「諦めがついたのか？」

「……ついてたら、ここにはこなかったと思う」

また「ごめんね」が始まりそうだったので、言わせないように機先《きせん》を制した。

「俺、何で十年前早坂と別れたかっていうと、すごいひどい話なんだけど、急にばかばかしくなったから」

母親のいなくなった、高校最後の夏休み。妹は気分転換のため、父方の伯母《おば》のところへ預けられていた。予備校の夏期講習が終わり、きょうのおさらいという名目で家に連れ込んで、お約束通りに勉強そっちのけで抱き合っていた。

どうしていきなり、そんなふうに思ってしまったのか今でも分からない。汗をしたたらせた、行為のまさに真っ最中、すっと冷静になった。幽体離脱というのはあんな感じなのかもしれない。意識の一部が身体を離れて我と我が身をすこし高いところから見下ろしている感覚。

素っ裸で汗かいて、必死に腰振って、俺ってアホだな、と思った。好きとか大切とかおきれいな言葉の壁紙の下には、気持ちいいからこれがしたいという欲求の骨組みがあり、性欲というのがいつ薄れるのか知らないがあと何十年も、これをしたいばっかりに頑張ったりかっこつけたり悩んだり傷ついたり傷つけたりするのを想像した。自分の母親のように、感情と衝動にくらまされてすべてを捨ててしまう可能性についても。

欲望で膨らんでいたはずの身体の熱が一気に引いた。とても無駄なことに労力を使っているんだという空しさが拭えなくなって、その日は交わり半ばに終わり、その後も彼女とスキンシップをとることはなかった。自然消滅はよくないと思ったから「勉強に集中したい」と別れ話を切り出し、でも向こうはそれが口実にすぎないと気づいていたようで「わたし何かした？」と何度も訊かれた。自己嫌悪に陥りながらも、正直それすら煩わしかった。

入れる大学はいくらでもあったけど、敢えて遠くを選んだ。連絡がつかないようにしたのもわざとだった。さまざまなしがらみがその当時ひどくうっとおしかった。見えない糸に絡みつかれているような気がしていた。そして進学するといつも通りに、特に気負わなくても勝手に友達はできていって、女の子には誤解されないよう慎重に振る舞い、「遠距離恋愛の彼女がいる」という予防線も忘れなかった。

女が嫌いなんじゃない。人が嫌いでもない。ただ、ある一定の熱量を超えた付き合いに興味がなくなっただけだ。

「いやなんだよ。知り合いや友達以上のテンションでこられるとどうしても引いちゃうんだ。得体の知れない生き物みたいに見えて気持ち悪いんだ」

「……女の子でも？」

「何とかしなきゃいけないとは思って、就職してから何人かと付き合ったよ」

基準は、セックスにあまり重点を置かなくて、クールで、一緒にいて楽しいよりは、一緒にいるのが苦じゃないというスタンスでやっていけそうな相手。何年もセックスレスですっかり友達夫婦になっちゃったよ、と愚痴をこぼす同僚が、ひそかにうらやましかった。初鹿野にだって寂しいときも人恋しいときもある。だから恋愛期間を省略してそういう関係を結べる相手を見つけられたらと思った。

「でも駄目だった。愛情を示されて、分かってほしがられる。そのエネルギーの矢印が何かの拍子でよそを向いたら、とち狂って自分ちや人んちを壊すんだって思うとうす気味悪い」

誰にも言ったことがなかった。話したいとも思わなかった。吐き出す相手がよりにもよって片喰だというこの巡り合わせの皮肉。

　あの日、体調が戻らなかったり急な仕事が入ったりして同窓会に行かなければ。片喰と目が合わなければ。気まぐれに声を掛けなければ。よく考えたら、サイコロはいつも初鹿野の手にあった。

「だから、お前だから気持ち悪いってことじゃなくて、誰が相手でも無理なんだ」

　外の公園から、子どものはしゃぐ声が聞こえてきた。そうかまだ真っ昼間だよな、と改めて思った。何となくこういう打ち明け話は、深夜がふさわしいような気がする。部屋じゅうがうっすらグレーで、互いの影だけが床の上で濃く交わっている。

　片喰が言った。

「うちは、十年前、父親のことがばれたとき、母は当たり前だけどものすごく怒った。夜中、俺に聞かせないように精いっぱい小声で話し合ってるんだけど家が狭いから丸聞こえで、襖《ふすま》の間からこっそり覗いてた」

「うん」

「『どうしてなの、どういうつもりなの』って母が問い詰めたら、父は、じっと黙ってたんだけど、一言だけ。『恋をしたんだ』って」

「うわ」

　よそ様の父親に対して何だが、思いきり顔をしかめてしまった。だって相手は初鹿野の母親なのだ。

「そうだよね、かっこよくもない中年男がそんなこと真剣に言うのって、普通引くよね。だけど俺は感動したんだ。あのときの父を見たら、きっと誰も笑えない。自分のしでかしたことの大きさも、これから起こることも、分かってて、でも、それが百%の気持ちだった。あんなに強く何かを話すお父さんを初めて見た。俺と同じジャンルの人間だったはずなのに、って、おかしいよね、そっちの意味で『置いて行かれる』って思った。寂しくなった」

まるで鏡だ。起こった事件は同じなのに、片喰は初鹿野と正反対の感情を受け取っていたことになる。どっちがまともなのか判断できない。

「『恋をしたんだ』ってお父さんが言った瞬間、急に初鹿野の顔が頭に浮かんで、わけも分からず見続けてた初鹿野のことを、俺は好きなんだってそのときやっと自覚した。それから卒業まで、告白だけでもできたらって夢見なかった日はないけど、お互いの親があああなっちゃったし、勇気を出せないままだった。その点では父親をすこし恨んだ」

「……意外だな」

やっとのことで口に出せたのはそんな感想だった。

「お前がそんな、恋愛体質なものの考え方するのって」

許容できなかった自分が、融通の利かない子どもみたいじゃないか。

「俺はどっちかというとストーカー体質なんだと思う」

「自分で言うのかよ」

思わず笑った。片喰の頬がみるみる紅潮するのが見て取れた。ブラックライトに照らされたグローフィッシュみたいに。ただ目の前で笑って見せただけなのに、福音《ふくいん》でも与えたような気分になる。言葉が続かない。

やばい、何だか見つめ合っちゃってる。さっき俺は付き合えない理由を語ったはずなのに、何でちょっといいムードに？

どうにかしてこの空気を変えないと、と焦るほどにどうしていいのか分からなくなる。ふだんの初鹿野は、場に応じた会話をいくらでも展開できた。こんなのは初めてだった。指の一本、動かし方を間違えたら大変な事態になりそうな、大仰な不安。緊張してるのか。片喰相手に。

「……初鹿野？」

片喰が心配そうに呼んだとき、また玄関の呼び出し音が鳴った。軽やかなチャイムがふたりの間を断つように割って入る。

無意識にほっと息をついて、呼吸を詰めていたことに気づいた。何で、という疑問はひとまず頭から追いやってキッチン横のモニターに向かい、通話ボタンを押す。

「はい」

『百《もも》だよー、開けて！　野菜重いの』

鍵を開けると、両手にスーパーの袋を提《さ》げた妹がずかずか上がり込んでくる。

「牛肉安かったんだ。国産だよ！　ビーフシチュー作るね」

「……来るときは前もって連絡しろって」

「お兄ちゃんこそいつまで経ってもCD返してくんないじゃん！　わざわざ引き取りにきたんだよ」

調理台にどかどか戦利品を並べながら、ようやく奥の部屋にいる第三者に気づいて「えっ」と声を上げた。

「お客さん来てたの？　あ、ごめんなさい。あの……」

「いいんです」

片喰が慌てて言う。

「もう帰るところだったんで。初鹿野、わざわざありがとう、ごめんね、お邪魔しました」

早口言葉みたいにまくし立てるとスニーカーを突っかけて転がるように出て行ってしまう。初鹿野はとっさにその後を追っていた。階段を駆け下り、後ろから肩を摑んだ。

「おい、片喰！」

「待てよ」

片喰が振り返るまでの数秒、どんな顔をしているんだろうと想像してまたひどく落ち着かない気持ちになった。引き止めたはいいものの逃げ出したくなるような——俺が？

「……びっくりしたー……」

片喰は、ふにゃっとした笑いを浮かべていた。

「一瞬、初鹿野の彼女が来たのかと思っちゃった」

「お前な」

何だ、という拍子抜けは自分自身と片喰への憤りに取って代わられる。乱暴な声が出た。

「さっきの俺の話聞いてた？　そういうの苦手になったって言っただろ。俺は独身で、彼女も彼氏もいない」

あんまり大声で宣言することでもないが。

「うん、でもどきっとして……俺、初鹿野のことになると、すぐ頭いっぱいになって、ほんとバカなんだ」

普通の会話でへどもどしやがるくせに、どうしてこんな台詞を平気で言うんだ。

「きょうは、誘ってくれてありがとう。ほんとに嬉しかった——魚も、初鹿野の話も」

一度だけ、こっちがたじろぐぐらいまっすぐ初鹿野を見た。揺れもぶれもしない、昔からレンズの奥にあったはずのきれいな瞳で。初鹿野が知らなかっただけで。

「さよなら」

磁石の同極同士みたいに、そのとき勝手に手が持ち上がって肩から離れた。片喰の後ろ姿は靴のかかとを踏んだままひょこひょこと階段を下り、踊り場を曲がって見えなくなった。

まだ体温が残る手のひらを見下ろしてしばし立ち尽くした。

「ごめんね、邪魔しちゃった？」

部屋に戻ると、じゃがいもの皮を剝《む》いていた妹が心配そうに尋ねてくる。

「……いや」

「大事な話とかしてた？」

「ううん」

終わったところだ。もう今度こそ全部打ち明けて、片喰に聞かせる話は何もない。だから二度追いかけることはできなかった。最初は勢い、その次は？

「会社の人？」

「いや、高校んときの」

「それにしても、電気もついてないしカーテンもぴっちり閉まってるから、人がいるなんて思わなかったよー。こっくりさんでもしてたの？」

「バカ、何でだよ」

百のすっとんきょうな推測にちょっとだけ笑えた。妹は、まだ甘えたい盛りに母親を失った割にはひねくれもせず育ってくれて、その、すこし抜けたところに自分は何度も救われてきたと思う。

「ちゃんと勉強してんのか？」

「してるしてる」

「父さんは元気か」

「うーん、最近ちょっと心配かな。ご飯よく残すし……」

「どっか悪いんじゃないのか」

「でも、こないだの健康診断の紙見たけど何ともなかったよ」

「じゃあ、お前がへんな創作料理食べさせようとしただけか」

「しないし！　失礼だなー、シチューに納豆入れてあげようか」

「食いもん粗末にすんな」

人が来ると、それだけで部屋の温度がすこし上がる。家族の温《ぬく》もりだけが初鹿野の例外だった。久しぶりに会った妹と軽口を叩き合いながら、それでも、片喰が最後に言った言葉が繰り返し頭の中で響いていた。

さよならって、単なる挨拶だよな？

「彼女でもできた？」

「何で」

仰向《あおむ》けになって見上げていた携帯から視線を外すと、葛井《かずらい》は「それ」と言った。

「何だよ」

「最近しょっちゅう携帯見てるって、女の子たちが騒いでたよ」

「お前は何でそう女子の動向に詳しいの？」

「存在感ないせいかすぐ近くにいても向こうが気にせずしゃべってるんだよ。ほら、草だから」

携帯を内ポケットにしまって、初鹿野は「仕事に決まってるだろ」と言い訳した。

「でもチェックの頻度が最近半端ないって」

「女って何でそういう話が好きなんだろ。別に本気で俺のこと好きなわけでもないくせにさ」

「身近なアイドルがいたら張り合い出るんでしょ。エレベーターで一緒になったとか、ちょっと雑談したとか、ささやかな潤いがあったら、休日出勤もサビ残も頑張れるんだって」

きっとその子たちを百倍ぐらい濃縮したら片喰《かたばみ》になるんだろう。

「そんで、いざ自分に男できたり、よさげな新入社員がきたら勝手に『卒業』すんだよな」

「ずっと追っかけててほしいの？」

「なわけねーだろ」

言われなくとも自覚はあった。朝起きたとき、打ち合わせや会食の後、いちいちメールや着信を確かめている。片喰から、何らかのアクションがないかと思っている。普通、お前のほうからこないだはありがとうって、メールでも寄こすもんだろ？　アフターフォローの基本だろ？　コミュニケーションの糸口と「次の機会」を望むなら。

三日前、仕事用じゃない着メロが鳴って喰いつくように出たが何のことはない、父親からだった。ぽつぽつ近況を話し合い、不景気だよとこぼす父にどこもそんなもんだってと励ます自分が、ひどく年を取ったような気がした。なるべく普通のテンションでしゃべったつもりだったが、上《うわ》の空を気づかれていたかもしれない。

初鹿野《はじかの》はそれを、単に心配だからだと自分に納得させようとしていた。理由つきではっきり断ったから、世を儚《はかな》んで自殺——はないだろうが、引きこもって孤独死のルートを辿《たど》らないとはいえない。

さりとてこちらから連絡を取れるかと言えば、一度ならずはっきり拒絶した相手にかける言葉なんて思いつかない。全部水に流してふつうの友達みたいに関わるのは、片喰の不器用さを思えば無理に違いなかった。手のひらで転がして生殺し状態を楽しむような趣味もないし。

偶然にでもこっそり挙動が窺《うかが》えればそれがいちばんいい。道で見かけるとか。でも住んでいる場所も離れている。接点と言えば「あかり」ぐらいか。ほとんど来ないらしいけど、椿《つばき》にさりげなくようすでも訊《き》けば何か分かるかも——そんなことをつらつらと考えて、我に返ると「ありえねえ」という呟《つぶや》きが洩《も》れた。直に会えないけど気になる、姿を見たい、そんな消極的でややこしい望みが。まるで片喰みたいな思考回路じゃないか。

「なに？　何か言った？」

「いや……そういえばきょうはあの音聞こえないな」

「蚕《かいこ》？　もう英繭《えいけん》してるよ」

「エイケン？」

「繭《まゆ》を作ったってこと。結構きれいだよ、見る？」

葛井が立ち上がってキャビネットに向かいかけたので慌てて「いい」と留《と》めた。

「そう？　糸吐くとこ生まれて初めて目撃したんだけど、ちょっと感動しちゃった。動画撮ってあるから見たくなったらいつでも言って」

「たぶんなんない」

繭の中で、蚕はどうなっているんだろう。その疑問を口にすると葛井は「簡単に言うと眠って一度死んで蛹《さなぎ》に生まれ変わる」と答えた。

死ぬ。片喰もあの日、死んだのかもしれない。思い込みで形成されたいびつな片思いを初鹿野が殺して。そして、新しい片喰に。もしかするとあの「さよなら」は、初鹿野と自分自身への、訣別だったのかもしれない。

びくつかない片喰？　ストーカーじゃない片喰？　女と付き合う片喰？　全部、大歓迎なはずなのにちっとも心が晴れない。

「初鹿野、僕もう帰るけどどうする？」

「あー……じゃあ俺も一緒に出るわ」

夜はもう、冷えるぐらいだった。ついこの間まで、秋なんて来るんだろうかと危ぶむぐらいいつでも蒸し暑かったのに、いざ夏の気配が絶たれれば、あの熱気を懐かしむ気持ちになってくる。近づくものを恋しがり、遠ざかるものを恋しがる。カードの裏表をめくるようなその繰り返しできっとどんどん時間が過ぎていくんだと思った。これからそのサイクルは速くなる一方に違いない。

十年。あと十年経《た》ったら自分の言動をいちいち注視する物好きな女子社員もいなくなる。

「何で結婚してないんだろうね」ぐらいの憶測は飛ぶのかも。

片喰――片喰は、ずっといなかった。これまでの十年にも、初鹿野の人生に片喰なんか存在していなかった。

マンションのエレベーターを降りると、廊下の角から人の影が伸びていた。じっと動かない誰かはちょうど初鹿野の部屋の前にいるはずで、だから一も二もなくあいつだ、と確信した。ドアの前で佇《たたず》んでそうな相手をほかに思いつかない。自然と早足になった。

「おい」

「きゃっ」

曲がりざま呼び掛けたら意外なことに女の細い声が上がり、こげ茶色の扉にもたれていたのは百《もも》だった。

「おどかさないでよ」

鼓動をなだめるように胸に手をあてて百が言う。紺のカーディガンに深緑色のブレザー。制服のままだった。妹の存在は社宅の大半の人間が知っているから、女子高生に手を出したと誤解されることはないと信じたい。

「こっちが驚いたし……どうしたんだよ」

「うん……」

珍しく歯切れの悪い百をとりあえず中に入れた。

「ひょっとして家出か？　父さんとけんかでもしたか？」

「ううん」

玄関先で立ったまま髪の毛をいじっていたかと思うと、やがて真剣な顔つきで「お兄ちゃんに謝らなきゃいけなくて」と切り出した。初鹿野は軽く面食らう。

「何だよ」

「この前来たとき……携帯、勝手に見たの」

「それで？」

見られて困るようなものもないから、これまでだって好きにいじらせていて、咎《とが》めだてした覚えもない。でも妹の口からは思ってもみない言葉が続いた。

「片喰さんの連絡先が知りたくて、アドレス、わたしの携帯に送って」

「……は？」

何でそこで片喰、という疑問に対する初鹿野なりの答えは「一目ぼれ」だった。百はすこし甘えたなところがあって、兄が把握している限りの彼氏は全員年上だったし、片喰は中身さえ知らなければやさしそうな美形のお兄さん、だろう。

なりふり構わず接触したいほど好みだったのか。片喰のほうはどうなのか。百とは血縁だから顔の系統は似ている。兄が駄目なら妹、とか、絶対にないと言えるだろうか。もしこいつらができてしまったら百と二重の意味できょうだいに、と下世話な妄想にまで至ると自分で耐えられなくなって妹の両肩をわし摑《づか》んだ。

「駄目だぞ」

「ごめんなさい、もっと早く謝るつもりだったんだけど、試験があって」

「いやそうじゃない、そんなことはどうでもいいんだ。あいつは、片喰だけは駄目だからな、ろくでもないぞあれは」

しおらしく眉尻《まゆじり》を下げていた百が、きょとんと初鹿野を見る。

「お兄ちゃん、何言ってんの？」

「何って」

「わたしは、お母さんのことで電話したんだよ」

「えっ？」

「お兄ちゃんが『片喰』って呼んだとき、ぱって思い出したの。お母さんの相手の人の名前だって。変わった名前だし、お兄ちゃん、『高校』って言ってたし、絶対そうだって思って」

「お前……そんなことまで知ってたのか？」

まだ幼かった妹に、父も自分も、込み入った事情まで話さなかったはずだ。

「伯母《おば》さんが電話でしゃべってるのとか聞いてて、何となく。大きくなったらだんだん分かっていった。ああ、あのときの話はそういうことだったんだ、とか」

妹の前で考えなしに名前を呼んでしまったうかつさを後悔しながら「何で片喰に連絡しようなんて思ったんだ」と尋ねた。

「知りたくなったの。お母さんのこと。片喰さんちのお父さんとどうしてるのかなって」

「そんなの、父さんに聞きゃすむだろ」

「だって、何度か『お母さんと会うか』って言われてて、いらないって断ってきたんだよ。やっぱり会いたいとか言ったら、今までやせ我慢させてたのかって、お父さんへコんじゃう。……お父さんのほうが大事なのは変わらないもん」

「それは分かるけどさ」

「お兄ちゃんとも……そういう話、したことなかったじゃん？　お兄ちゃんが言いたくないの分かってたし……だからあの人にならら訊けるかもって思ったの。親のこと、どう思ってるのかとか、お母さんが好きになったのはどんな人だったのかとか」

そうか、こいつも大人になったんだな、とまぶしいような苦いような感慨を抱いた。寂しがって泣きじゃくるばかりの妹はもういなくて、百は百なりに、母親を理解しようとし始めている。

変わってないのは、俺だけか。

「……片喰は、何だって？」

「言いにくくてもお父さんに話したほうがいいって。他人だから、自分の口からは何も言えないって。それで、携帯見たことちゃんと謝ってお兄ちゃんとも話し合いなさいって」

「何だよあいつ」

思わず、吐き捨てるようにひとりごちていた。

「大人の返事しやがって」

「大人でしょ、お兄ちゃんと同い年なんだから」

百が呆《あき》れて言う。

「いや、そうだけど」

「家にまで呼ぶぐらいだから、仲いいんだと思ってたけど……お兄ちゃんは、片喰さんのこと嫌いなの？」

率直すぎる問いに答えられなかった。そんな単純な話じゃない、けれど、好きか嫌い、二極の片方に分類しなければならないとしたら、片喰の存在はどちらになるのか。

「片喰さん、いい人だったよ？」

「そんなのは分かってる」

即答すると百は自分のことのようにほっとした顔になった。

まだ終電に間に合う時間だったので駅まで送っていき、その帰り道、歩きながら片喰にメールを打った。妹が迷惑かけてごめん、と考え込んだ時間の割に短い文面で。

すると間を置かず携帯がふるえ、何だ即レスかよとちょっとおかしく思いながら確かめると「送信先が見つかりませんでした」というアラートだった。何度か試みても同じで、ならばと思って電話をかけると「おかけになった番号は……」のアナウンス。一体どういうことだ。

一時間半ほどすると「家に着いた」と百がメールしてきたので片喰のアドレスについて確認すると、初鹿野が把握しているものと同じだった。連絡を取ったのは十日ほど前らしいから、それからきょうまでの間に番号もメールアドレスも変更したわけだ。何らかの事情で、あるいは希望で。

何度目かの「おかけ直しください」を聞きながら、途方に暮れたような気分だった。あんなちいさな端末の情報ひとつ持っていたところで、つながっていることにはなりやしない、と思い知らされてしまった。そして十年前の自分は、それをいいことに交友関係をリセットしたのだ。

十年前の自分も、知らないところで誰かにこんな思いをさせていたのだろうか。

片喰のマンションがオートロックじゃなくて幸いだ。一階の集合ポストには「片喰」の紙切れがちゃんと貼り付けてあったから引っ越しまではしていないと思いたい。出て行くときにはちゃんとそういう始末をしそうだった。願望に近い希望的観測に過ぎないのかもしれないが。

チャイムを何度か鳴らし、ドアを叩《たた》いてみたが応答はなかった。ドアスコープを覗《のぞ》く気配もしなかったからよっぽど眠りが深いのでもなければ留守だ。在宅ワーカーの不在にかち合うなんてついてない。初鹿野は外廊下の手すりによりかかる。すこし見覚えた眺めも、日が暮れて紺色が染みわたると全然違う。ブラインドの上がったオフィスビルの窓から、残業をしている面々の姿がちょこまかした人形劇みたいに見えて勝手にお疲れさまとねぎらった。

遠くのクレーン、高層ビル。アクセサリーみたいな航空障害灯が点滅している。あれもコミュニケーション。近づいてはいけない、と光っている。きらきら輝く不動産屋のネオン。寒くなると何もかもが、ひとつ色を渋く深くしたように感じられる。

こんなふうにぼんやり夜景を見下ろすのも久しぶりで、肌寒さも疲労も、片喰のことすらあまり頭には浮かばず、景色の一部になってしまったように初鹿野はしんしん更《ふ》ける夜のただ中で待っていた。

何時間そこにいたのか、時計も見ず、経過の感覚も定かではなく、ビルやマンションの明かりが次々落ちて下界がずいぶんと静かになったころ、不意に片喰は帰ってきた。

初鹿野に気づいて言葉も出ないように立ちすくむ顔は赤らんで、アルコールが入っているのが分かった。茫洋《ぼうよう》と夜の街並みに漂い出すようだった意識が急にはっきりして、猛然とむかついてきた。仕事を無理やり定時で切り上げて来たら留守で、人が待ちぼうけ食ってる間こいつはのんきに酒なんか飲んでやがったという理不尽な怒りだ。

「初鹿野、何で……」

「どこ行ってたんだよ」

質問するのはこっちだとばかりつっけんどんに投げつけ、その不機嫌さに片喰はますますたじろいだ。

「椿さん、婚約したから、そのお祝い会に呼ばれて」

「へえ、よかったね」

「よかったねっていうか、えっと、その、初鹿野、」

「疲れた」

「え？」

「足が疲れた」

片喰はおろおろと鍵を取り出して「ごめん、よかったら上がって」とどんくさい手つきで開錠する。

「……ひょっとして、お腹《なか》も空《す》いたりしてる？」

「すごく。ものすごーく」

「待ってて！　すぐだから！」

勝手に座ってむすっとしていたら、宣言通り間もなくごま油の香ばしい匂いが漂い、じゃことねぎと卵の入ったチャーハンが目の前に出てきた。

「ありあわせでごめんね、口に合わなかったら残して」

うまいので何だかまた腹が立った。給仕のようにぴったり後ろに控える片喰を無視して黙々と平らげる。皿を空っぽにしてからおもむろに「お前さ」と身体《からだ》ごと向き合うと「はい」と蚊の鳴くような声で答えた。

「ストーカーのくせに、人の妹に説教したらしいな」

「せっ……説教とかそんな大それた気持ちはなくて、俺はただ初鹿野の家のことにしゃしゃり出るのはおかしいと思ったから」

「――ていうか！」

「はいっ」

すっかり赤みの失せた顔をにらむ。

「……メアド、変えたよな」

「変えました」

「番号も変えたよな」

「変えました」

「何で？」

片喰は何も言わない。何でそう大事なところで黙るんだよ、ほかのやつには普通にしゃべれるくせに、と初鹿野は苛立《いらだ》たしくてならない。

「俺のせい？」

「せいっていうか……」

「俺のこと切りたいんならはっきり言えばいいじゃん。……切るも何も、別に関係ないけど」

「違う」

片喰が急に思いつめた表情で食い下がる。

「連絡したくないんじゃなくて、待ちすぎちゃって……」

「何それ」

「初鹿野が電話くれて、家に呼んでくれて……もうこんな夢より夢みたいなの、ここまでしてもらったら十分だから、これ以上初鹿野に迷惑かけちゃいけないって頭では分かってるのに、まだ『次』があるんじゃないかって期待して……自由業だから、ほんとに一分ごとにメールチェックとかしちゃって、風呂でもトイレでも離せなくなったし、気になって夜もあんま眠れなくて、仕事も手につかなくなって……これじゃますます駄目になると思って、ものすごく決心してショップに行ってキャリア変えて——初鹿野？」

説明の途中から背を向けて皿の脇《わき》に突っ伏していた初鹿野は「もういい」と脱力した声で言った。きょうここに来るまで悩んだ、俺の二週間とちょっとを返してくれ。

「あの——ごめんね、ひょっとして、ひょっとしてだけど、心配してくれてた……？」

「ひょっとしてじゃねえよバカ」

頬《ほお》がつめたくて気持ちよくて、そこだけ機嫌が直った。

「心配するに決まってんだろ」

「……ごめん」

体温で天板が温まると初鹿野は「風呂」と言った。

「風呂に入りたい」

「あ、どうぞ」

「着替え」

「俺のでいい？　あ、もちろん洗濯したやつだから。用意しとくね」

狭い浴槽に湯を張って三角座りになる。肩と膝頭《ひざがしら》がどうしても浸かりきらない。真実とは足のはみ出る毛布、ってあったな、何かの映画で。こんなせせこましい湯船で、初鹿野は自分がひどくリラックスしていることに気づく。安堵《あんど》している。脱衣所に置いてあった長袖《ながそで》のTシャツとジャージを着て出ると、スーツ一式はきちんとハンガーに収まっている。

「眠い」

「俺のベッドでよかったら」

「お前はどうすんの」

「仕事あるから……まぶしくて邪魔かもしれないけど、ごめんね」

タオルケットは羽毛布団にチェンジしていた。初鹿野の好みから言えば枕がすこし柔らかすぎたけれど、言うとドンキに走り出しそうだから黙っていた。

やべーな、と冷静に思った。かいがいしく世話なんか焼かれちゃって。しかもこれは、関白宣言な亭主よりは、わがままの尽きない女の心地よさだろう。何でも聞いてくれる。ブランド品をおねだりするわけじゃないけど十分転がしちゃってて、また妙につつましく所帯くさいのが却《かえ》って深みにはまっている感じ。

ベッドからは片喰の匂いがした。「男くせ」とか文句も出ないまま、初鹿野はうとうとし始めていた。ああ、でも大事なことは言わなきゃ。

「……片喰」

「うん？」

珍しく、初鹿野を見ずに応じる。振り向かないわけを知っている。片喰が、我慢しているのを知っている。でも知らんふりをする。

「ありがとう……百の、妹のこと」

「俺は何もしてないよ」

「おやすみ」

「おやすみなさい」

それからすぐに眠って、一度だけ目を覚ました。パソコンのモニターが煌々《こうこう》と明るく、夜中のコンビニを連想させた。片喰の後ろ姿がぼんやりと青白く発光している。そうか、猫背なのはそうやって前傾姿勢で描いてるせいなんだな。机と椅子の高さが合ってないんだよ、とついおせっかいな口出しをしたくなる。

ペンタブレットを握った右手がするする迷いなく動き、それと連動して画面の中に次々と背景が生まれる。一本の糸が途切れず吐き出され、形をなしているようだった。片喰の紡ぐ糸。紡ぐ世界。電柱、電線、瓦屋根の家々。CGなのにえらく昭和な街並みを描いているのが、妙に面白かった。絵仕事について初鹿野は何も知らないが、片喰の手つきは慣れて鮮やかに見える。

そしてそのゆるく湾曲した背中からは、静かに張り詰めた集中が伝わってきた。この仕事を好きで、打ち込んでいるのが分かる。今、片喰の脳裏《のうり》に初鹿野の影すらないことも。うかつに話しかけたり触れたりしようものなら火花を発して火傷《やけど》させられそうだ。

いつでも、仕事のときはこんなふうにひとすじでありたくて、だから悩んで悩んで、連絡先を変えたのだろう。不器用で、愚かな片喰。

初鹿野はじっと見つめながら残念に思った。絵を描いているときの片喰の顔が見られないこと。そして、何だよ、と悔しくもなった。

何だよお前、ちゃんとかっこいいんじゃゃん。人のことばっかむやみにちやほやするくせに。

目を閉じた。まぶたの裏は無数の星が散ったように白い。明るい中では熟睡できないたちなのに、そのとき、薄い皮膚を通して感じる光に、片喰の存在に、安らかなものを感じながら再度の眠りに落ちた。

翌朝、赤い目をした片喰がそれでもふらふらとマンションの下までついてきておずおずと携帯を取り出した。

「新しい番号とメアド、教えてもいい……？」

「教えるだけでいいの？」

意地悪く訊いてやると口をむにゃむにゃ動かしてからぎゅっと目をつむって「初鹿野のも、もう一度教えてほしいです」と白状する。

余計な手間かけさせやがって、と文句を連ねながら赤外線のポートを合わせた。ちゃんとアドレス帳に追加されたのを確認してから「初めてだよな」と言った。

「お前のほうから、そうやってちゃんとアプローチしてきたの」

「あ――」

片喰は「図々《ずうずう》しくてごめん」とうなだれて頭をかく。初鹿野はその頭をべしっと叩く。違うだろ。

「バカ」

「うん」

「ほんっとに、バカ」

「知ってるよ」

「いーや分かってない。全然分かってないよ」

バカ、ともうひとつ言い捨ててくるりと身を翻《ひるがえ》した。その後ろで見えなくなるまで見送っていることは確実だったが、振り返りはしなかった。


失敗したかも、と思う。


「件名：見て見て！」

「片喰さんに描いてもらったよ★ちょー上手《うま》くない？」

添付画像には百の似顔絵。適度なデフォルメを加えつつも、特徴を忠実に捉えていた。丸顔なところ、額《ひたい》が広くてつるっとしているところ、鼻が小さいところ。これなら路上で似顔絵屋をしても金がとれるレベル。もっとも、不特定多数と談笑しながら手を動かす仕事なんて片喰にはまず不可能だけれど。

百に「片喰さんと連絡ついたの？」と訊かれて、断る理由もなかったから（本人も別にいいよと言ったし）新しい番号とアドレスを教えたことをちょっと後悔していた。人気《ひとけ》のないリフレッシュスペースで電話をかける。

「お前、俺に何か言うことがあるだろう」

『えっ』

びびった片喰がそろそろ提出した答えは「おととい、夢に出てきてくれたこと？」だった。

「知らないよそんなことは……うちの妹が、ずいぶん世話になってるみたいだな」

『え、あ、百さん？　世話って別に……。予備校がうちの隣の駅にあるから、講義が始まるまでちょっとお茶飲んでくぐらいで……』

「ふーん」

初鹿野はそっけない相づちを打つ。それだけで、電話の向こうにいる片喰の心がきゅっと縮むのが分かる。

「ところで俺、きょう夕方に厚労省に行く用事あんだけど」

『え』

「その後は直帰で、会社に戻らなくてもいいんだけど」

三秒、五秒、十秒、三十秒……おい、早くしろ、昼休みが終わる。

『よ、よかったらうちでごはんとか、って別にうちじゃなくてもいいんだけど、ごはんじゃなくてもいいんだけど』

それじゃ何もなくなっただろ。まあいい、上出来だ。

「八時ごろ着く——それと、」

『なに？』

「夢の中の俺って、どんな感じ？」

今度は短い間を置いて「すてきな感じ」と返ってきた。訊くんじゃなかった。


夕食の後、俺も描いてよ、と軽い気持ちで頼んでみたら「無理無理無理無理」とものすごい勢いで拒否《きょひ》られた。ちょっとむっとする。

「何で百はよくて俺は駄目なんだよ」

「できないよ、初鹿野目の前にして描くなんて……緊張して手がふるえる」

「じゃあお前の描いた漫画読ませてよ」

「描いてない」

「何で？　絵うまいじゃん。俺、漫画の世界は全然分かんないんだけど、みんな投稿したり、出版社に持ち込んだりしてんじゃないの？」

「うーん……」

そういうこともあるよね、と見え透いたごまかし方をされたのでますます不機嫌になった。最近怒ってばっかだな、と思う。こんなに気が短かったっけ？

「うーんじゃなくて、しろよお前も、そういうこと」

「才能がないみたいなんだ」

「才能オンリーでめし食えるやつなんかいるわけない。努力でカバーできることなんかいくらでもあるだろ。大体、そりゃ素人意見だけど、あんなに描けるのに才能ないなんて言うなよ」

「今はいい描画ソフトがたくさん出てるから使い方次第だし、そもそも俺ぐらい描ける人なんてごろごろしてるんだ」

こんなに腹が立つのは、以前見た片喰の背中と、それをいいなと思った自分を否定されたような気がしたからだった。

「じゃあお前、何で漫画の仕事してんの」

「ほかに、人並みにできることが見当たらないから」

「何でそう消極的なことばっか言うわけ？　好きなんだろ？　だったら全力で頑張ってみたっていいじゃん」

「うん、ごめん」

「謝んなくても……いいよ別に、お前の人生だもんな」

ひとりでかっかしてる自分が馬鹿らしく思えてきて「百のことだけど」と切り替えた。

「懐かれて仕事の邪魔になってるんだったらはっきり言えよ――ってお前は言えないよな、俺から言うよ」

「え、全然そんなことないよ。百さんは礼儀正しくていい子だよ」

「ところで何でさん付けなの？　普通『百ちゃん』じゃない？」

「初鹿野の妹さんにそんな馴《な》れ馴《な》れしい呼び方できない」

「別にいいけど」

「百さん、お兄ちゃん子だよね。学校で初鹿野の写メ見せたら友達にうらやましがられるって言ってた」

「あのバカ……」

気持ちは分かるな、と片喰はやたらはにかんだ。お前もしっかりしろ。

「きっと自慢のお兄ちゃんなんだよ」

「そんなご立派な兄貴じゃない」

高校卒業と同時に家を出て、それからずっとひとり暮らしだから一緒に過ごした時間は短い。

「年離れてるし、女だし、遊びも会話も共通点がなくて全然仲良くなかったよ。でも、大学行ったらたどたどしい字で手紙送ってきたり、帰省のたんび俺のそばべったりひっついて離れないのとか見てたら、ああこいつ寂しいんだなって、当たり前だけど、分かるじゃん。トイレにまでついてくんだから。したら何かかわいそうになって。俺は十八年間母親といたけど、百は八年しかいられなかったんだっていうのが、兄妹《きょうだい》なのに、俺が先に生まれたってだけで、すげー不公平に思えた」

「そっか……」

「かわいそうとかかわいいって、たぶん似てるんだよ。かわいそうって思い始めたらどんどんかわいくなってった。ブラック・ジャックのピノコに本気で嫉妬《しっと》して医者を志すようなアホがさ」

「百さんはきっと、不公平だなんて思ってないよ」

「知ってる。……まあ、だからな」

分かってるかもしんないけど、と前置きして片喰の肩に手をかけた。

「え？」

「血迷ってあいつに手ぇ出したりしたらぶっ殺す」

「ええ!?」

片喰にこんな大声が出せるとは知らなかった。

「な、何言ってんの初鹿野、俺と百さんなんて絶対にありえないよ」

「何で」

「俺は百さんをそういう対象に見てないし、百さんも同じだから」

そんな中学生みたいな説明で納得するものか。

「心配になるのは分かるけど……そういえば百さんも『お兄ちゃんは気を回し過ぎ』って笑

ってた」

「どういうこと」

「最初、俺とのことを勘違いしたって聞いたから……『あいつはろくでもないから』って必死に止められたって」

頭の中が一瞬すうっと冷え、それからかっと熱くなった。焦《あせ》った。分かっている、百は告げ口のつもりで話したんじゃない、過保護な兄の笑えるエピソードとして披露《ひろう》したに過ぎない。初鹿野と片喰が、仲のいい友達だと信じて。ろくでもないとか言って、お兄ちゃんひどくない？　今度会ったら怒っていいよ——たぶん、こんなふうに。

にこにこしているお人よしに詰めよった。

「違う」

「初鹿野？」

「違う、俺はそういう意味で言ったんじゃない」

「え？　なに？　何が？　俺、またまずいこと言った？」

「『ろくでもない』なんて、ほんとに思ってるわけじゃ」

「そんなの……」

初鹿野の思い詰めた口調に片喰は困惑を浮かべる。

「ほんとのことだもん。言われて当然だよ」

「バカ!!」

弾《はじ》けるように怒鳴った。

「え？　あ……ご、ごめん」

「わけも分からずに謝んな！」

わけなんて、初鹿野にも分からないのだった。胸の中でくたばりかけの電球が不規則に絶《た》え絶《だ》えについたり消えたりして、切ることも取り替えることもできない、そんな不安な不快。いらいらする。かんしゃくをこらえきれない子どもさながらのみっともないさまを晒《さら》しているることも気にならなかった。

「もういい」

初鹿野は顔をゆがめた。やおらベッドに乗り上げる。

「もう寝る。寝かせろ」

「待って、服がしわになっちゃうよ」

そんなことしか言えないのか。腹立ちが上書きされて、遠慮がちに袖をつまむ指を振り払った。

「うるさい、ほっとけ」

枕をぼふぼふ叩く。すると、この前とは違って底がやけにしっかりしている。何かを敷いているみたいに。手で探る。

「……何だこれ」

引き出されたのはＢ５判の、ありふれた規格の大学ノートだった。

「あー!!」

いきなり、壁にひびが入りそうなさっきのを上回る声で片喰が叫んだのでぎょっとした。

「な、何だよ、近所迷惑な」

「駄目、それ返して!!」

血相を変えて引ったくろうとする腕を初鹿野も懸命にかわす。普段の片喰にはないアグレッシブさだった。

「ちょ、待て、落ち着けよ」

「返して返して返して」

最初は、漫画でも描きつけてんのかなと思った。興味のなさそうなふりして実は、小学生がやるみたいに、設定とかあらすじとかつけて。でもこんなに、顔を真っ赤にして慌てるほどのことだろうか。見せたくないっていうし、案外エロマンガとか？　いやそれならむしろ褒《ほ》めるな、と想像して、うっすらいやな予感に行き当たった。

「……まさか、俺に関係あるんじゃないだろうな」

片喰は一瞬動きを止め、つられて静止した初鹿野の手からノートを奪還する。両手で胸に抱え込むとそこで電池が切れたかのようにへなへなとへたり込んだ。

「おい」

びくりと肩を揺らす。

「……怒んないから言え」

「は、初鹿野のノート、ずっとつけてて……」

「俺の何を？」

「購買で買ったパンとか、その日しゃべってたこととか」

「観察日記ってことか」

「観察なんてつもりはなくて、あの、」

頭痛がしてきた。乙女じみてるけど、やってることは相当濃い変質者じゃないのか。

「……毎日？　来る日も来る日も？」

「夏休みとかはしてないけど。偶然見かけた日以外は」

「で、それは全何冊？」

「えっ」

「とぼけんな、それ一冊ってことはないだろ」

その、無駄な根気と情熱を思えば。

「……二十七冊」

「にじゅうなな!?」

さすがに声も裏返る。親だって、初鹿野についてそんな分量綴《つづ》れないと思う。

「出せ」

初鹿野は厳しく命じた。

「全部出せ。燃やしてやる」

「いやです」

片喰がこんなにきっぱりとお断りするところを初めて見た。しかしものはストーカー日記。

「怒らないって言ったのに……」

口答えまでしやがった。

「限度があるだろ！　ていうかまず見せろ、中身。話はそれからだ」

「いやだっ！」

亀のようにうずくまる襟首《えりくび》を摑む。柔道の試合みたいになってきた。

「お前まさか、下ネタとか卑猥《ひわい》な妄想とか書き殴ってんじゃないだろうな！」

「違う、してない、ほんとに、その日その日見た初鹿野を淡々と、」

「二十七巻にわたって？」

「はい」

「キモい!!」

もう使うまいと思っていた言葉をあっさり言ってしまった。

「わ、分かってる」

「余計悪いわ。大体、枕の下っていうのが……いかがわしいことに使ってたと思われても無理ないし」

違う、と片喰は頑として言い張る。

「今までずっと、夜寝る前に布団の中で書く習慣がついてたから」

「てことは続刊中かよ！」

「ごっ、ごめんなさい」

ふしぎだ。こんなときなのに、赤く染まったうなじにほくろなんて見つけてしまう自分がいる。

「百さんがうちに来るときも……初鹿野の話聞くのが楽しいんだ。百さんは俺が知らない初鹿野をいっぱい知ってて、だから……むしろ俺があの子を利用してるみたいで、やっぱり俺はろくでもなくて」

初鹿野は片喰の脇に膝をついて、湯気の立ちそうな顔を覗き込む。

「……ほんとのとこ、どんなこと書いてあんの、それ。取り上げないから教えて」

「シャーペンの芯《しん》はHBよりBが好きなこと、月のうち一週間ぐらい、ツナクロワッサンのブームがくること、パンは、甘いのと甘くないのひとつずつ買うこと」

片喰は羅列する。一字一句記憶していますというように。

「……それから？」

「ルーズリーフよりリング式のノートが好きで、学校用の靴は三足をローテーション。古くなったら雨の日専用にする。傘の柄《え》に小さい星形のシール貼って目印にしてる。ポカリじゃなくてアクエリアス派。教科書にライン引く色ペンは、蛍光の緑と青」

そうだったな、と思い当たる節もあればそうだったっけ、と首を傾《かし》げたくなる部分もある。

片喰の口から語られる自分は、まるで知らない誰かのようにも思えた。

「俺のどこが好きなの？　……全部っていうのは、なしで」

片喰は熱に浮かされたような顔で「顔」と言った。

「奥二重なところ、考えごとしてるとき、鼻の付け根にちっさいしわができるところ、笑ったらきれいに歯が見えるところ」

「それから？」

「中三の春と秋に着てたレモンイエローのパーカーが似合ってて好き、右手の袖のボタン外すときにちょっと手間取る仕草が好き、英語の、疑問文の語尾で上がる声が好き、肘《ひじ》がちょっと内側に曲がってて、でも膝はまっすぐなのが好き、爪が真っ白なのが好き、耳たぶの裏のくぼみが好き、ときどき、右側の髪にだけ軽い寝ぐせがついてて、それから、それから……」

いつの間にか、顔を寄せていたのは初鹿野のほうだった。体温の分かる距離。

「……ばか」

ささやく声で十分伝わって、片喰の見開いた目のまつげの生え際まで見える距離。

「そんなんじゃ分かんないよ」

「だってそうなんだ」

キスしたら、あっという間に身体《からだ》に火がついた。その火種は初鹿野のひねた嫌悪までちりにした。

「んっ……」

ちゅる、と唇同士が音を立てる。

「はじかの」

片喰が呼んだ。聞き覚えのある声で。最初の夜の。

「はじかの——はじかの、どうしよう、俺」

「黙ってろ」

呼吸もしにくそうにわななく口元を手のひらでふさいだ。カーブのゆるい唇の形に焦げ跡がついてしまうかと思う。

「今だけは、ごめんって言うな」

後頭部を打たない程度に、でもやや強引に床に押し倒された。絵を描くだけあって器用な手が難なくネクタイをむしり取り、放置されたノートの上に投げられるのをどこか夢の中のできごとのように眺めた。自分もいつかは、こんなふうに誰かを求めただろうか？　ベッドに行く手間も惜しいほど？　本能の衝動にせよ、こんなに澄んだ目で。かつて付き合っていた女の子たちも、もう思い出せない。

思考ごと引き剝《は》がすように衣服を脱がされ、さすがに恥ずかしくなって片喰のTシャツの袖を摑んだ。

「お前も脱げよ」

「あ……」

ベルトの攻略にかかっていた片喰は一瞬うつむいて「火傷の痕《あと》があるんだ」と申し訳なさそうに言った。

「昔っから？」

プールの授業や更衣室において、片喰が外見上目立っていた記憶はない。

「大人になってから」

別にいいのに、と思ったがそれは半分以上「どうでもいい」と同義だと気づいたからしつこく求めなかった。片喰を好きだから気にならない、というのとは違う。

「初鹿野……口でしていい？」

何のことか分かってしまうのがいやだ。

「あのなー」

両腕で顔を覆った。

「わざわざ訊かれたら、いやだって言うだろ」

しばらく間があった。片喰なりにその発言を咀嚼《そしゃく》したようだった。

「――するね、させて」

「あっ……あ、」

含まれた口の中でそこが大きく脈打って、自分の不可解なほどの興奮ぐあいを改めて思い知らされた。すっぽり迎え入れられ、奉仕としか呼びようのない丁寧なやり方でどこもかしこも愛撫《あいぶ》されると床の硬さなんか気にならなくなり、身体じゅうがやわらかな舌の上で転がされているようななまめかしい浮遊感に酔った。裸の胸がせわしく上下する。

「んっ……あ――あっ！」

我慢しなきゃ、という自制が働く前にいってしまって、慌てて首だけ持ち上げるとちょうど飲み込んでいる最中で片喰の喉仏《のどぼとけ》がごくりと盛り上がるのを目撃してしまい、ばつの悪さと、ああやっぱ男だなという奇妙な感慨を同時に抱いた。

「……悪い、出ちゃった」

ほかにかける言葉が見つからない初鹿野に覆いかぶさって、片喰は「謝らないで」と言った。

「初鹿野も」

「なこと言われても——いっ！」

指が、つ、と垂れた唾液でぬめる会陰《えいん》をなぞってその下に忍んだら自然と歯を食いしばっていた。全身のこわばりは密着している片喰にもダイレクトに伝わったらしく「怖がらないで」と耳打ちされる。

「む、無理……っ」

「うん、だから指だけ……痛いことはしないから、指だけ、挿《い》れさせて」

荒い息を吐きながらそんなことをお願いされて、すこし前の初鹿野なら全身に鳥肌を立てただろう。今も、抵抗感は到底拭《ぬぐ》えない。でも片喰の声にひそむせつない熱が肌をとろかすように痺《しび》れさせた。

「や」

指先が、ふちを浅く広げながら窺い、やがてぬっと奥まで差し込まれる。

「んん！」

ゆっくりされるよりはむしろよかったのかもしれない。うわあ入っちゃったよ、という諦《あきら》めみたいな気持ちが身体の力を程よく抜いたから。

断言してもいい。どんな屈強な大男であろうと、こんなところに指を突っ込まれたら猛々《たけだけ》しい心境にはまずなれない。

それでも。

「あ……っ、片喰……ゆ、ゆっくり、して」

拒む言葉は出てこなかった。

「うん」

懇願のとおり慎重に、やさしく中を擦《こす》られた。狭い場所そのものの存在を確かめるようにじわじわと。自分の深いところが、その緩慢な動きに浸食されていくのを感じる。そして異物を食《は》んだ感覚に麻痺して分からなくなりかけたころ、天井——といっていいのかどうか——のどこかを指の腹がくるくる撫《な》ぜる。突然に、強烈な性感の訪れがあった。

「あっ！」

びく、と直情すぎる性器の反応は当然片喰にも知られている。

「初鹿野——……ここ、気持ちいい？」

「んっ、や……！」

泣きすぎた後みたいに血が昇ってがんがんする頭を打ち振った。

「いやだ、違う、やだっ……」

知識として持っていても、実際そこで感じてしまう自分、を認めてしまうのは怖かった。快感は毒々しいほどで、禁忌という大仰な単語さえ浮かぶ。自慰《じい》を行うようになったころの後ろめたい不安と同じ。こんなの覚えて、どうなっちゃうんだろう。

なのにぐりぐりと疼《うず》く箇所を刺激され、たまらず両脚を片喰の腰に絡《から》みつかせた。全身で

しがみついていないと心がどこか遠くに飛ばされて戻ってこられなくなりそうで。

「片喰、かたばみ、あ、ああ……っ」

二度目なのに、さっきよりずっと深く濃い射精に導かれた。芯が抜け落ちたように四肢はぐったり床と同化する。余韻と倦怠《けんたい》の中で浅い呼吸を繰り返しながら、やべえ二回も出した、と思っていた。

弛緩《しかん》した脚の間から片喰がそろりと立ち上がる。

「……片喰？」

「トイレ、行ってきます」

宣言すると、本当に個室にこもってしまった。入って行くときいつもよりさらに背筋は曲がって前屈《まえかが》みだった。痛そう、と実感として想像できてしまう。張り詰めすぎた興奮。

ほんとバカ、と初鹿野はちいさく毒づいた。

しないって言って、実際しないやつがどこにいる。男の「何もしない」なんて信じるほうが愚かだというのが定石だ。こらえるのはつらかっただろう、ことによったら後ろに指を突っ込まれるより。

でも片喰はちゃんと約束を守った。初鹿野だけいかせて。何度謝られるよりそれが、最初のセックスを片喰が後悔している証拠だった。労《いた》わられたら逆に置いていかれるような気持ちになる。寂しくもなる。いつから自分の中にこんな、理不尽で道理の通らない思考回路がつながってしまったんだろう。のろのろと身じまいする。無造作にネクタイの下敷きになっているノートには手をつけなかった。

五分ばかりして片喰は出てきた。合わせる顔がないというようにそわそわあちこちに飛ぶ視線をわざとがっちり捉えて「すっきりした？」と訊いてやる。

「え？　え、え、」

「まさかお前、抜いてきたのばれてないと思ってんじゃないだろうな」

赤面。

「何で俺、初鹿野には隠しごとができないんだろう」

「いや、これは誰でも分かる」

立ち上がり、茹《ゆ》であがったような頬を両手で挟んで「帰るな」と言った。

「えっ」

みるみる色が戻っていく。ほんとこいつ、リトマス試験紙みたいだな。

「ごめん、ごめんなさい、初鹿野、俺、また……」

さきほどの行為のせいだと勘違いしたらしい片喰がおろおろと泣きそうに顔をゆがめる。

「違うって」

ぱちん、と左右から叩いた。ただし、あくまでたわむれのきつさで。

「きょうのは合意。謝んなって言っただろ。裁判してものろけですかって怒られるぐらい合意」

「だったら……だって、もう終電ないよ」

「ビジホでもカプセルでも漫喫でも、どうにでもなる」

「ここにいたくないってこと？」

「俺は、お前に甘えすぎてる」

初鹿野は言った。

「お前に――その、何だ、好かれてるのが、いい気分みたいなんだ。少なくとももう全然、気持ち悪いとか思えない。でも、じゃあ好きかって言われたら分からない」

「十分だよ、俺は、それだけで」

「そうやってお前が許したらずるずるしそうなんだ。それはいやなんだよ。愛情にあぐらかいておいしいとこだけ取って、気持ちいいことだけしてもらって……。友達とか恋人とかじゃない、人間同士の関係としてそれは間違ってる。片喰の気持ちがありがたいから、片喰を好きになりたい。でも、好きになってやりたいって思う自分はえらそうでいやだ……ごめん、何言ってんだか分かんなくなってきた。要するに、流されるのが怖いっていう」

片喰の十年余の愛情が濃くていびつでおっかなくて、でもそのなかに呑まれてみてもいいんじゃないかと思い始めている自分が。

分かるよ、と片喰はやっと視線を据えた。

「全部じゃないかもしれないけど、分かる。……ありがとう。初鹿野の、公正なところを俺はほんとに好きだ」

「また始まった……きょうのことも、ノートにつけんの？」

片喰は答えずに顔をそむけた。ああ、つけるんですね。

「いいけど、あんま官能的にすんなよ」

きょうは下まで来なくていいから、と言って薄いコートを羽織り、ドアノブに手をかける。

「初鹿野」

「うん？」

「俺はまた、連絡してもいいんだよね」

いつもの、お伺いを立てるような、見上げる口調じゃなかった。

「うん」

嬉《うれ》しかった。ちょっとだけ、どきっともした。

「お前、ちょっと変わったな」

「そうかな」

「今までにない大胆な踏み込みじゃん。何て言うか、急成長してるよね、オスとして」

「……それは、いいことなのかな」

「悪くはないと思う」

現実の初鹿野に出会って、触れて、心の中だけじゃなく、生身で求めようとしている。片喰なりの懸命さで。ただそれを今はまだ、どう受け止めていいのか分からない。

「俺が変わったんだとしたら、それは初鹿野のおかげだと思う」

そんなせつない目付きをされたら揺らいでしまう。別に深く考える必要はないんじゃないか、なんて。片喰がそれでもいいって言うんだから。外寒いし。大体どいつもこいつも、そんなにきっぱり好きだ嫌いだ線を引いて一緒にいるわけじゃないだろう。

都合のいい考えが頭をよぎって自分を戒《いまし》める。いけない。曖昧《あいまい》に報いては駄目だ。片喰にだけは。

煮え切らないしむかつく場面も多いし、ストーカーだし、少女漫画みたいな淡い恋心じゃなくて、欲情を伴う片思いなら、自分が相手の妄想においてきらきら崇められるだけじゃなかったのも分かっている。初鹿野は女じゃないし、もう子どもでもないから。

それでも、粗末にしたらいけないと思った。大切にしたいとまでは思えないけれど。オカズにされてても許せるっていうのは、好きとは違うのだろうか。長らく恋愛から遠ざかって分からなくなってしまった。

「おやすみ」

ひとりで出て行くとき、今生《こんじょう》の別れみたいに名残惜しい顔で見送るやつがいないせいで背中がやけにすうすうした。顔にあたる風だけがやけに気持ちよくて、自分の頬も火照《ほて》っていたことに気づく。さて、どこに泊まろうか。粗悪な安ホテルより新しいネットカフェのほうが快適だったりするから難しい。

夜道を歩いていると携帯が鳴った。片喰からだったらさすがに怒るところだけれど、液晶には「父」と表示されていた。

「――もしもし？」

『柑《かん》か。ごめんな遅くに。今、大丈夫か？』

二十分前ならやばかったです。

「うん」

訊いておいて、父親は何もしゃべろうとしない。高架下に差し掛かると、自分の靴音ばかりが響いた。「どうしたの」と初鹿野が痺れを切らすとようやくぽつりと洩らした。

『会社、辞めなきゃならん』

え、という声は頭上に近づいてくる電車の音でかき消された。

退職金なし人員整理とはやってくれる。一応、再就職先をあてがってくれるだけ感謝すべきか。それでも手取りはこれまでの半分以下に落ちるし、賞与昇給の見込みなどもなさそうだという話だった。そうなると自分は収入で父を上回ってしまう。もっと先のことだと思っていたのに。おかしな発想だと分かっているが、面子《メンツ》をつぶしてしまうようで勝手に申し訳なくなった。以前、電話してきたときにはもう決まっていたのかもしれない。あのときのおざなりな対応を悔やんだ。もっとちゃんと耳を傾けておけばよかった。何もしてやれなくても、悩んでいたのならばせめて。

——その話、百にした？

——いや、まだ……。

——じゃあ黙っとこう。あいつ、変な気回すだろうから。

数日、暇さえあれば金勘定ばかりしていた。というかしてしまう。蓄えや収入が変わるわけでもないのに。

離婚の際、父はかなり温情的な財産分与をしたらしい。父方の親せきは、盗人《ぬすっと》に追い銭だと口をそろえて怒ったが、父親の言い分としては「柑と百を産んで育ててくれたことは変わらないから」だった。まあ、バカがつく善人だけどそれもありだと思う。夫婦で働いて夫婦でやりくりした金なんだから、夫婦で納得するように取り計らえばいい。何の異論もない。一銭も寄与していない人間がくちばしを突っ込むなんて品のない話だと、当時生意気にも思っていた。

そして息子の高校卒業と同時にまだローンの残っているマンションを売り、差額の支払いはおとやっと終わった。住み続けたくないという気持ちも分かるから、それにも文句はない。文句はないが金もない。離婚時のごたごたで父は出世コースから外れたし、初鹿野が遠くの大学に行ったりしたから、余計に。

わがままを許してくれたことに感謝しているから、毎月結構な額の仕送りはしているものの、私立校に通う妹の授業料や予備校代で消える。百にはもう何の我慢もさせたくない、というのが父と兄の、口に出さない共通した思いだった。幸いにも彼女は賢くて勉強熱心だったので高額の教育費はちっとも無駄じゃない。

第一志望にしている医学部の年間経費を調べてみると、徹夜明けの目も冴《さ》える金額だった。国公立でも軽く三百万超、掛ける六年。教科書代だの実習費だのもこまごま必要になるだろうし、カリキュラムの密度を想像すれば妹がバイトするなんてもってのほかだ。二年ぐらいは何とかしてやれそうだが、その先は不透明というほかない。奨学金も教育ローンもすんなり通る保証なんてない。

ぐるぐる思い悩みながら、働きに働くというかたちで現実逃避した。腰を据えて考えなきゃいけないのに考えたくない。考えたって空から札束は降ってこないし、急にふたつもみっつも昇進して給料が跳ね上がることもないし、どかんと当てたらどかんと報奨金が出るような職種でもない。自分か百が大金持ちに見初《みそ》められる——ないない。ダブルワークも真剣に検討したが、交通の便を考えるとこの近辺に限られ、社の人間に見られるリスクが大きすぎて断念せざるを得ない。バレたら即解雇だ。

葛井から「羽化したよ。見に来る？」とメールがきたが蛾《が》を観賞する心の余裕はないので「遠慮しとく」と返信した。金策のことで悶々《もんもん》としていると身も心もかさかさになるような気がする。日に日に水分を失っていく感じだ。人間関係や仕事のそれとはまったく異質の消耗があった。

だから、片喰から電話が掛かってきたとき、半ば心ここにあらずだった。

『こんばんは——あの、元気にしてるのかなって』

「まあまあ。つか、そんなに経ってないだろ」

『……うん』

努めてフラットに答える。暗い声を出せばまた自分の失態だと勘違いして落ち込みそうだったから。悪いけれど今はそれをフォローする心の余裕がない。つい「何か用？」と先を急《せ》かしてしまう。どうして自分は、片喰にやさしくできないのだろう。

『あのね、ほんとは口止めされてるんだけど』

「なに？」

帰宅したところだったので携帯を持ったままネクタイをほどき、パソコンを起《た》ち上げてメールチェックをしてお茶を飲むためやかんを火にかける。要するにそれらができるまでの時間、たっぷりと片喰は躊躇《ちゅうちょ》してから言った。

『……百さんが、受験やめるって言うんだ』

「百？」

『もっとお金のかからない普通の大学に自力で行くか、進学しないで働くって』

「何言ってんだあいつは」

父さん、言っちゃったのか。いやきっと違う。妹は大人の気分や機嫌を察して先回りするのに長《た》けていた。女の子らしい聡《さと》さというより、無条件でいつまでも側《そば》にいてくれる相手なんかいない、と無意識に怯《おび》えているようだった。基本的に隠しごとのできない父親の事情を汲《く》み取ることはたやすかっただろう。百をそんなふうにしてしまったのは、母親が出て行った日、手を差し伸べて抱きしめてやらなかった自分だと思えてならない。

『お父さんにもお兄ちゃんにも、無理してほしくないんだって』

初鹿野は唇を嚙《か》んだ。自分に腹が立ってしょうがなかった。昔も今も、いちばんに守らなきゃいけなかった妹の胸を痛ませて。

それでも、精いっぱい冷静に「教えてくれてありがとな」と言った。

「あいつ、ちょっと大げさに心配してるだけなんだよ。そんなこと考え込んでる暇があったら勉強してろって怒っとくから」

じゃあ、と切り上げようとした。片喰が「待って」と妙に切羽詰《せっぱ》まった口調で引き止める。

「……何だよ」

この流れで先日の件について結論を出してほしいとか言われたらさすがに引くけど、そこまで空気の読めないやつじゃないはずだ。むしろ読みすぎて身動きが取れなくなる自縄自縛《じじょうじばく》タイプ。

『あの――』

ひゅっと息を呑む音が聞こえた。

『あのね、冗談じゃなくて真剣だから、怒らないで聞いてほしいんだけど――お、お金のことなら、俺は協力できると思う』

「……は？」

『初鹿野、なあなあが嫌いだって知ってるから、ちゃんと公正証書作って手続きしたらいいと思うし、』

「いや、ちょっと待って」

言わんとすることは分かるのに頭に入ってこない。初鹿野は部屋の中をうろうろ歩き回りながらおそるおそる尋ねる。

「俺に、金を貸してくれるって言ってんのか？」

『うん、そう。あっ、あの、もちろん、引き換えに何かってわけじゃなくて、俺はただ力になりたくて』

「前提として、片喰が、人にやすやす貸せるほどの現金を持ってるってことになるんだけど」

『えっと――』

片喰は言い淀《よど》んでから「三億、ぐらい」と言った。自分の耳と片喰の頭、両方を疑った。

「な……」

『あの、何なら残高証明書取ってこようか』

「いや――」

こんなことで嘘《うそ》をつく男じゃないことぐらい知っている。でも信じられない。億？　ごくふつうの、中古の1Kの賃貸マンションに住んで車も持っていないのに？

『びっくりさせた？　ごめん』

「そりゃびっくりするだろ。二十七冊より驚いた。……お前って、ほんとに何なんだ？」

宝くじ、と片喰は呆気《あっけ》ないほどシンプルな答えを返した。

『何年か前に当たったんだけど、俺、趣味も欲しいものもないし、銀行の人も派手なことしないで普通に生活しろって言うから、預けっぱなしで』

「へー……」

すごいね、としかコメントできない。気づけばやかんの湯がしゅんしゅん鳴っていたので慌てて火を止めた。

『だから、もし――』

「あの、ごめん」

初鹿野は遮《さえぎ》った。

「ちょっと混乱してる。いきなりで、何とも言えないっていうか。ぶっちゃけて言うと困ってるのは確かだけど、だからって」

『あ、そうだよね、ごめん』

「いやあの、お気持ちはありがたくて……えー……」

『あっ、あ、あんまり深く考えないで、もし、よかったら俺はいつでもっていう、それだけの話だから』

「うん」

しばらく放心してしまった。片喰が億万長者。少年時代の不遇を一気に巻き返しているような二十代じゃないか。アンバランスな人生。まさかほんとうに金持ちに見初められる展開だったとは。いや結婚しないけど。

そうか、だから漫画描くのに消極的だったんだな、と合点《がてん》がいった。生活の不安がないのだからわざわざ追い立てられる道を目指さなくても、好きなことをほどほどにやって生きていればいい。

水槽の前にしゃがみ込み、アクリルに額をくっつける。こぽぽ、とポンプがエアを供給する音が聞こえる。赤いうろこが、目の前をいっぱいに横切っていく。

何ではっきり断らなかったんだろう。


「へー、妹さんもう高三なんだ。はえー」

俺も年取るわけだよ、と旧友はまんざら冗談でもなさそうにこぼした。物心ともに余裕はないのに飲みの誘いを断らなかったのは、用事をこしらえて「ごめんな」と謝ることすら面倒だったからだ。

「柑の家でゲームしてたら、よく部屋覗いてきたよな」

「そうだっけ?」

「そうだよ。ちょこまかして、座敷わらしみたいでかわいかったな」

そのかわいい妹とはつい最近、電話で諍《いさか》いになった。

――お前、片喰にくだらないことしゃべってないで、勉強に集中しろよ。

――くだらなくない。わたしだって真面目《まじめ》に考えてるんだよ。

――お前は考えなくていいんだって。大体、家の恥を他人にべらべらと……。

恥って何、と百は急に怒り出した。

――お兄ちゃんは、お父さんがリストラされたの恥ずかしいの？　お父さんは悪いことして辞めたんじゃないじゃん。何で恥とか言っちゃうの。

――そういう意味じゃないって。

――じゃあ何なの？　片喰さんに知られるのが恥ずかしいってこと？　そんなの、友達なのにおかしい。友達が困ってたら話してほしいもん。話聞くしかできなくても言ってほしいのが普通でしょ？　片喰さんは心配してくれてたよ――。

――片喰は関係ないだろ！

初鹿野もついいらいらして声を荒げてしまい、互いの言い分は嚙み合わないまま物別れとなった。感情に任せて「ていうかお前スカート短すぎんだよ」と関係ない注意にまで及んだことは反省している。

「柑、元気にしてた？」

「こないだ会っただろ」

「こないだって、三カ月ぐらい前だし」

「あ、そうか」

同窓会が行われたときはまだうだるような残暑の真っ最中だったのに、いつの間にか本格的な冬がすぐそこだ。片喰と会ってから（未《いま》だに「再会」という感じがしない）もうそんなに経つのか。

「あっという間みたいな感じして」

苦笑すると「俺もだよ」と同意された。

「一年過ぎるのすぐ。これからますますそうなってくんだろうなー」

やだな、やだよな、としんみり言い合った。そうだもう、冷えたビールの季節じゃない。

「彼女いる？」

「いない」

「意外」

「何で」

「柑って高校時代、女切らさなかったじゃん」

ごくん、と日本酒をへんなふうに飲み込んでしまって、喉がひりひりした。

「オーバーだ」

「ほんとのことだろ。別れたっつった一カ月後にはもう新カノと一緒に帰ってんだもん」

「……そうだっけ」

そうだったかもしれない。顔が好みとか明るいとか話が合うとか、その程度の思い入れで、じゃあとりあえず付き合っちゃおっかと始まるのだが、大抵は初鹿野が「誰にでもやさしい」ことに不満を洩らしてぎくしゃくし始める。特定の相手ができたからといって、常識の範囲内の親切や交流が制限されるのはこっちも納得できなかった。しばらくは女って面倒だなと男同士で遊んで、また気づいたら別の誰かが隣にいて。片喰のノートには歴代彼女の名前もちゃんと書いてあるのかもしれない。

女の子と連れ立って歩く自分を、片喰はどんな思いで見ていたのだろう。

「あー俺も彼女ほしー！　柑の妹さんってどこ高？」

「F女」

「まじで？　めちゃいいじゃん。友達紹介してくれって言っといて」

「犯罪だし。大体、今さら高校生と付き合っても会話弾まないだろ」

「今の高校生ってどんな話してんだろな」

真顔で問いかけられ「知らないよ」と盃を空けた。

「俺らってどんなことで盛り上がったっけ？」

「うーん……テスト、ゲーム、テレビ、グラビア？」

たぶん間違ってはいないのだろうが、ちっとも実感がない。あのころ自分たちは何に笑い、何を楽しんでいたのか。

「あ、でも俺、今もジャンプ買ってるわ」

「まじで？」

「通勤ときにさ。別に面白いと思ってないし、一週抜かしても分かんないぐらい適当に読んでんだけど、やめ時が分かんないつうか。惰性って怖いねー」

ふと思った。自分は、いつからジャンプとか、漫画全般を読まなくなったんだろう。

「あ、そうだ、ジャンプといえばさ、」

まぐろのカマをつついていた箸《はし》の先を向けられる。この癖抜けてないんだな、と高校の時もよくそうされたことを思い出した。

「俺、あんときお前にバミのこと話したっけ？　片喰。お前のファンだったやつ」

後半の方が引っ掛かった。

「ファン？」

「だってあいつ、しょっちゅうお前のこと見てたじゃん」

こともなげに言われ、思わずすこし身を引いてしまう。椅子《いす》ががたっと鳴った。

「……気のせいじゃないか」

「いや、絶対そうだった。こっちが、見られてんのに気づいたらぱってうつむくんだけど、それがまたあからさまだからバレバレなの。あれ、柑、まじで知らなかったの？　俺、お前が見て見ぬふりしてやってんのかと思って言わなかったんだけど」

「勘違いだろ。男が男のファンって」

笑ってみせながら徳利《とっくり》を傾けたが空だった。

「そう？　俺もあんときは気持ち悪いやつって思ってたけどさ、実際、仕事できる先輩とかって憧《あこが》れるし。どんな段取りしてんのかさりげにチェックしたり、持ち物まねしたくなったりさ。『頑張ってんな』とか言われると、女におだてられるより嬉しかったり——そういうのって、ない？　あいつもそんな感じだったんじゃないかな」

全然違う。初鹿野はそれを知っているが「なるほど」とうわべだけ感心した。

「で、そのバミが——そうだ、言おうとしたらあんときお前がどっか行っちゃったんだよな」

「片喰が？」

イケメンに変貌していたとか、おおかたそんなことだろうと思いながら続きを促す。

「漫画家になってんだって」

「え？」

初鹿野の反応を、相手はごく素直な驚きだと思ったらしく「びっくりするよなー、同級生が漫画家とか」とひとりでうんうん頷《うなず》いている。

いや、あいつは「アシスタント」だろ？　投稿も何もしてないって言ってた。さほど飲んでもいないのに頭の中がぐるぐるし始める。

「結構有名らしいぜ。こないだ、同窓会来るって聞いてサインもらおうとしてたやつ何人かいたみたい。冷やかしかもしんないけど。でも、結局誰も会えなくてさ。名簿上は確かに出席して、会費も払ってたらしいんだけど。お前、見た？」

初鹿野はぎこちなく首を振り「それってほんとなのか」と尋ねる。

「片喰が、漫画家だって」

「『片喰鉄』って名前だから片喰の名前知ってて気に入ったやつが拝借したとか……」

「偶然かも。それか、片喰の名前知ってて気に入ったやつが拝借したとか……」

「何でそんなに否定しようとすんの？」

訝《いぶか》しげに覗き込まれた。いや、と言葉を濁す。

「ウィキペディアに載ってるよ。何かの新人賞獲ったときの写真。あれ、絶対バミだった」

「……そっか」

それからのやりとりは、外国語のお経みたいに一切頭に入ってこなかった。適切な相づちが打てていたのかも定かじゃない。あした早いから、という言い訳で二軒目の誘いをかわして逃げるように帰宅し、コートも脱がずパソコンの電源を入れた。

検索エンジンに「片喰鉄」と放り込んで叩くと、聞いた通りすぐにウィキペディアの項目がピックアップされた。そこにある小さく、不鮮明な画像——たぶん集合写真の一部を拡大したんだろう——は、間違いなく片喰の顔だった。暗い目とぶ厚いださい眼鏡《めがね》。初鹿野がずっと知っていた片喰。

誰にも会いたくなかった、と同窓会に母方の姓で出たのは、「片喰鉄」として騒がれたくなかったから。椿が話していた「やっかみ」というのはたぶん、容貌じゃなくて仕事での成功。

モニターの中にいる陰気そうな片喰を見つめながら、初鹿野は、騙《だま》されてたんだ、と思った。自分自身に突き立てるように何度も。

俺はあいつに、騙されてた。


どちら様ですかと誰何《すいか》されて初鹿野、と答えたら玄関までの短い距離をばたばた駆けてくる足音が扉越しに聞こえて、息せき切るようにドアを開けた片喰の一生懸命な顔を見たら自然と笑いがこぼれた。

「初鹿野――どうしたの。あ、また仕事でどこかに行った帰り？」

「俺はさ」

口角を上げたままで言う。

「お前のつくちっさい嘘はすぐ見破れんのに、でかい嘘はスルーしちゃうんだな」

「え？」

「名前とか――仕事のこととか」

困惑が動揺と狼狽《ろうばい》に変わる瞬間、を確かに見た。

「片喰鉄っていうんだって？」

「初鹿野、それは」

「有名な先生なんだって？」

うそ笑いを引っ込めて、まっすぐに片喰をにらみすえた。

「宝くじなんてでたらめだ。お前の金は、お前が稼いだ金だ。そうだろ？」

片喰は、あ、と気の抜けたような声を洩らしてうつむく。

「すごいね。英語の雑誌読んでるのより一万倍はすごいんじゃない？　何で黙ってたの」

冷静にと努めても声はふるえた。

「さも自信がないんですって顔してさ、描いてないとか才能ないとか、俺はそれを真に受けて、頑張れとか言っちゃって。何も知らないくせに上から目線でアドバイスとか、笑う」

「違う、俺はそんなこと」

火の中にあるものを取り出そうとするようにおろおろ伸ばされた手を振り払う。

「俺が傷つくと思った？　存在感ゼロだった、百葉箱《ひゃくようばこ》みたいな『バミ』が成功して、ただのサラリーマンが一生かかって稼ぐ金手に入れて、悠々自適に暮らしてるって知ったら、俺のプライドが傷つくと思った？　それとも嫉妬すると思った？」

「俺は――」

問いを投げつけながら、答えなんか求めていなかったので、しゃべり続ける。

「傷ついたよ。恥ずかしくて死にそうに。お前みたいな、社会不適合者ぎりぎりラインに同情されて、お金貸そうかって言われるなんてさ。屈辱だよ」

あれ。片喰の顔がみるみるゆがんで人じゃなくなってく。それは自分が泣いているせいだった。フォーカスを定めずに眺める水槽の中の景色。

「はじかの」

片喰が放心したようにつぶやく。

「人をバカにすんのもいい加減にしろ」

「してない！」

「してる！」

怒鳴った拍子、下まぶたに溜《た》まった涙がとうとう頬に流れた。

貸してくれよ、とともすればしゃくりあげそうになる喉をなだめながら口にした。

「金貸してよ。いっぱい持ってんだよね？　きっちり返すし、利子もつけるよ。お前と寝てやるよ。いくらでも。お前の気持ち悪い妄想の中でしてたこと全部していい。だって俺は大事だもん、金と妹が」

片喰の目がゆっくりと絶望に曇ってくすみ、そして玄関にしゃがみ込んで両手で頭をかきむしった。

「ごめんなさい……」

もう見たくなかったし、一言も話したくなかったので袖で涙を拭ってきびすを返した。すこしも気持ちは晴れない。嘘をついていた片喰への怒りと、傷ついたから傷つけ返した自分への軽べつが大体同量になり、いびつなバランスが取れただけだ。駅のトイレでざぶざぶ顔を洗って帰った。つめたい水で頬が突っ張るのに、ひとすじ伝った涙の感触だけがいつまでも熱く残っていていやだった。

家に帰ると、いつもゆったりと狭い水槽を回遊しているちいさな明かりがない。慌てて駆け寄ると四匹とも腹を上にぷかぷか漂っていた。生命活動の停止とともに蛍光たんぱくもその働きを止め、魔法が解けたように元通りの色で死んでいる。飼育器材に故障は見受けられないし、えさも絶やさなかった。水は先週替えたところだ。何より今朝家を出るときは、何の異変もなく元気に泳いでいたのに。

何もきょうじゃなくたっていいだろう。また泣きそうになったがあまりにも情けないのでこらえた。「天罰」という単語が浮かんでしまう。百を叱《しか》りつけたから。片喰にひどいことを言ったから。こんな突飛《とっぴ》な考えを抱くこと自体、精神的に弱っている証拠だった。

おかしいな、と亡骸《なきがら》の浮かぶ水面を見下ろして思う。ついこないだまで、何の煩《わずら》いもなく、恋愛なんていうちんけで甘ったるい迷いにうつつを抜かしていたはずなのに。しかも相手は片喰。

ずるりとだらしなくコートを脱ぎ落とすとポケットから携帯がはみ出して、小さなランプが点滅していた。メール受信のサイン。いつの間に。

もうどうでもいい、誰からでもいいと投げやりな心境で確認すると送信者は葛井だった。件名に「訃報《ふほう》」とあって、会社の誰かが死んだのかとさすがに動揺したが本文を読むと何てことはない。

『本日午後九時四十五分、研究員室にて飼育していたカイコ蛾三頭が永眠したことをお知らせ致します』

蛾かよ、とつぶやいて、電話をかける。

「メール見たよ」

『それでわざわざ電話くれたの？』

「いや、実は俺も、さっき帰ったら魚死んでて」

『何年飼ってたっけ』

「五年ぐらい」

『ゼブラダニオの寿命としては平均的だね。妥当じゃない』

そっけないほど冷静な口調は、初鹿野が無用に悲しんだり責任を感じないようにという葛井なりの配慮なんだろう。人のやさしさに気づけるうちは、自分が駄目じゃないみたいでほっとする。

「まだ会社？」

『うん』

「じゃあちょっと出てこいよ」

『何しに？』

「合同葬」


マンションの裏の公園で落ち合って、埋葬する場所を探す。桜の木立《こだち》の中、犬の散歩もなかなかここまでは入ってこないだろうという奥まってうす暗い一角に決めた。水銀灯の光も届かない。葛井が気を利《き》かせて懐中電灯を持ってきてくれたのは幸いだ。

「寒いから、青姦《あおかん》してるカップルに出くわさなくていいよな」

「むしろ僕たちが物色中だと思われるんじゃない」

「やだよ」

「僕だってごめんだ」

根っこに邪魔されない、なるべく土の柔らかそうなところの目星をつけて初鹿野は持参した道具で穴を掘り始めた。

「初鹿野、何それ」

「カレースプーン」

銀色の曲面で地面を抉《えぐ》る。

「シュールだね」

「だってスコップとか持ってないし」

思ったより作業は難航した。地中の石に当たったりして柄《え》が曲がってしまい、結局ざくざく突き刺して土を緩ませてから犬のように手で搔《か》いた。汗がにじんでくる。

「交代しようか？」

「いいよ汚れるから。それより地面照らしてて。あと誰か来ないか見てて。お巡《まわ》りさんに見られたら確実に職質コースだから」

「了解」

十五分ほどかかって、ようやく深さ二十センチ程度の空洞をこしらえた。こんなにちいさいのに、穴って何か、人を不穏な気持ちにさせるものがあるなと思う。

「じゃ、埋めるか」

「うん」

初鹿野は使い古しのタオルに包んだ魚をそっと安置した。その上に葛井も、膨《ふく》らんだハンカチを重ねる。そのまんま持ってこられなくてよかった。

「何日ぐらい生きてた？」

「十日かな」

胴体がぼんやり光っててきれいだったよ、と目を細める。懐中電灯のおかげで陰影はやけに濃く、目元にかかる前髪の影が、葛井をひどく哀《かな》しげに見せた。

「ケースに手入れると、寄ってくるんだ。何とも言えない気持ちになったな。犬とか猫とか、一定以上の知能のある動物が人懐っこいのとは全然違うから。本当に、本能が壊れちゃってるんだなって」

ふたりでしばらく手を合わせ、元通りに土をかぶせた。

「春ならな」

枝ばかりになった桜を見上げる。

「花でも供えてやれるのに」

葛井が声を出さずに笑った。

「何だよ」

「初鹿野がもてるわけ、分かるなあって。全方位的に親切だ」

「お前にはもてたくないけど」

「そこは安心してくれていいよ」

ぱんぱん手についた土を払っていると、葛井が「五万年前の、ネアンデルタール人の化石に花粉がついてたんだって」と言う。

「葬式してたってこと？」

「断定できないけど、悼《いた》むっていう感情をそのときもう知ってた可能性はある」

「じゃあ、最初に思いつきで花添えたやつがいたのかな。『これよくね？』みたいな。んで、みんなどんどんまねしてくの」

「軽いなー。初鹿野のご先祖様かもよ」

「自慢できないなー」

もう、動かなくなった仲間に、何らかの意図を持って花を捧げていたのなら、それを始めた最初の一人（と数えていいのか）は、きっと優しいやつだったんだろうと思った。

弔《とむら》いを知っていたのなら、たったひとりを恋しがる気持ちも知っていただろうか。どちらを先に覚えて、人は人になったんだろうか。作られた明かりなんてひとつもない世界で。

「そういえばお前きょうどうすんの？　例によって終電ないけど、うちに泊まってくか？」

「いい。僕人んち苦手だから例によって会社で寝る」

相変わらずシャープなお答えで、全然気分悪くならない。同じ内向型でも片喰とは正反対だな、なんて考えてしまって指先をじゃりじゃりこすり合わせる。

「どしたの？　帰ろうよ」

「葛井って漫画詳しかったよな」

「詳しいってほどじゃないけど、まあ好き」

「片喰鉄って知ってる？」

うん、持ってるよとあっさり答えられ、実際の「読者」を目《ま》の当たりにするとやっぱり改めて驚いた。

「貸そうか？」

「いや――……いい」

「まあ、途中で終わっちゃってるから読んでも消化不良かもね」

「え、そうなの？」

「『夜景少年』って知ってる？　アニメにもなったんだけど、五巻で止まっててずっと出てない」

「話が終わってないってこと？」

「うん。無理やり最終回くっつけたわけでもなく、ほんとにただの途中」

「……飽きたのかな」

初鹿野に対するねちっこさを思えば考えにくいけれど。

「仕事でやってんだからそんなわがまま通らないと思うよ。人気あったし、ほかの漫画描いてないし……。病気やけが、あとはノイローゼとか？　ああいう仕事って心身ともにストレス多そうだもんね。ほんとのとこは本人じゃないと分からないけど」

最後の発言にどきりとした。

公園を出た通りで別れるとき、葛井が「そうだ」と急に立ち止まった。

「そういえば初鹿野って、片喰鉄の漫画の主人公にちょっと似てるかも」

「何だそれ。インクの絵に似てるって意味が分かんねーよ」

乱暴に笑って、自分の部屋を仰いだ。明かりの消えた、黒くて四角い窓。いつか片喰が見上げていた角度。


帰ってからネットで全巻注文し、翌日の夜から読み始めた。五冊に三日かかった。面白くなかったんじゃなくて、忙しいのと、子どものころみたいに漫画をすらすら読めなくなっていたからだ。絵と字が同時に頭に入ってこない。必要な脳の筋肉が衰えている。子どもならではの没入と集中を失ったことも要因だろう。貪《むさぼ》るように次から次へ手を出していた昔の自分が嘘のようだった。

主人公は高校生で、初鹿野に似ていると言われればまあそんな気もするかな、程度だったので胸を撫で下ろした。けれど、舞台になっている、どこといって特徴のない地方都市の描写を見て、ああほんとにあいつが描いたんだなと実感した。

駅前の大型スーパー、ロータリー、高層マンションと団地、草がぼうぼうに伸び放題のさむざむとした河川敷。初鹿野と片喰が住んでいたところが、いっそ偏執的なほどの精度で紙の上にあった。

その、ちっぽけな街で、住民の夢に入り込んで悪さを働くのがいる。悪魔のような妖怪のような、あるいはもっと抽象的な何か。

少年は夜な夜なマンションのてっぺんから一帯を見下ろし、「何か」が暴れている場所を見つけて戦う。彼のことは誰も知らない。目が覚めればみんな忘れてしまうからだ。夢の中で主人公を助ける少女も昼間は何も覚えていられず、学校ではただの同級生だ。

夜にはどんどん打ち解け、惹《ひ》かれ合っていくのに昼は会話すらしない。起きている間の彼女は違う相手を想っていて、主人公を見ない。昼と夜、片思いと両思いが繰り返される。彼女は昼間の自分に絶望している。

——どうしていつも忘れちゃうんだろう。

眠りに落ちる前ではなく、目を覚ます前に祈る。どうか忘れませんように覚えていられますように。

そして主人公は気づく。彼女の記憶を留《とど》める代償に自分の記憶を一日ひとつずつ捨てていけばいいことに。初めて連れて行ってもらった遊園地、引っ越した友達からもらった野球のボール、かわいがっていた飼い犬。すこしずつ忘れていく。

そして物語は、いよいよ手放す記憶もなくなって、去年のことすら分からなくなってきたところでいきなり終わっていた。物語全体の起承転結のどのへんだったのかも窺い知れないし、回収されていない伏線もたくさんあった。これじゃ確かに消化不良だ。でも最後に出た単行本の奥付を見ると発行日は三年前だった。

その当時の片喰に何があったんだろう。

ぱらぱらページをめくってみる。やわらかい、絵本みたいに朴訥《ぼくとつ》なペンタッチ。手は自然と見開きの、街を俯瞰《ふかん》するシーンで止まった。何で知ってんだろう、と思うのだ。初鹿野が毎晩のように眺めていたベランダからの景色と、鳥肌が立つほど似ている。真下の団地、交差点の信号機、ガソリンスタンドの看板。白黒なのに、にじむような街灯りのニュアンスがはっきりと分かる。手すりに乗り出して見ていた、あの光たち。自分がいるような気がした。ここに描かれた窓のどこかに、十代の、何も知らなかった自分が。

漫画の良《よ》し悪《あ》しなんて初鹿野には評価できないが、これが片喰にしか持ちえない世界だというのは分かった。才能がないなんて、やっぱり大嘘だ。

ずるいと思った。自分は人に話したことのない領域まで打ち明けたのに、片喰は、大勢が知っていることを初鹿野に隠していた。

ほんとうはただそれが、悔しくて寂しかった。

椿の指には大きなダイヤのついたリングが光っていた。

「このたびはご婚約おめでとうございます」

席に着いた初鹿野が深々と頭を下げると「あらあらご丁寧に」と笑って芸能人の記者会見みたいに左手の甲を外に向ける。

「じゃーん」

初めて見る、子どもみたいに得意げなようすに、見た目よりも若いのかもしれないと思った。同い年か、すこし上と踏んでいたのだが。

「椿さんって干支は？」

「いくつ？　ってはっきり訊いてくれていいのよ、二十五歳」

「えっ」

「よく老けて見られるのよねー。こんな仕事してると耳年増にはなるんだけど、そのせいかしら」

嘆息してみせるのが演技だと分かっていても焦った。

「いや、落ち着いてるし、着物だから……てか、そんな若いんならまだ結婚しなくていいんじゃない？」

「年貢の納めどきかと思って」

「またまた。そんないい男なの？」

「見た目はね、いいのよ別に。男の人だって美人は三日で飽きるなんて言うでしょ」

「じゃあ中身がすばらしいんだ」

「すばらしいっていうか……こんなこと言ったら引かれちゃうかもしれないんだけど」

「セックスがいい？」

「違います。あんまりわたしのことを好きだから、責任取らないといけないような気がしちゃって」

「そんなバカな」

「でもそう思ったんだもの。この先、ちょっとちやほやされる機会はあっても、こうまで熱烈に好かれることはなさそうだったし」

そんな身につまされることを言うな。

「じゃあ椿さんはそんなに好きじゃないんだ」

「もちろん前提として好きじゃなきゃ結婚なんてしないけど、彼ほどっていうのは、はっきり言って無理だと思うのね。でも気持ちが釣り合ってなきゃいけないってわけでもないし」

「そういうもんかな」

球体の氷が沈むタンブラーをからから鳴らしながら「あいつ最近来た？」と尋ねる。

「てつくん？　いいえ。先月のパーティぐらいね。元々そんなに足しげくの人じゃないし。外出嫌いでしょ。むしろこっちが元気にしてるのかお伺いしようと思ってたんだけど」

「そっか。……ごめん、もひとつ訊いてもいい？」

「質問だけならご自由に」

「何であいつ、漫画描かなくなっちゃったのか、椿さん知ってる？」

椿はちょっと眉をひそめた。そのまましばらく思案顔をしていたが、やがて「事故に遭って」と教えてくれた。

「交通事故？」

「いいえ」

天井を指差す。

「雷」

「え？」

「雷に打たれたの。信じられないってお顔ね、でも冗談じゃなくて本当の話。大けがした。退院した後も復帰しなかったから、原因があるとすればそのことじゃないの？」

「でも、あいつ普通に絵描いてたよ」

後遺症があるとは考えにくい流暢《りゅうちょう》な手つきだった。体力的に難しいというのならば、執筆のペースは配慮してもらえただろうし。

「知らないわ」

すこし硬い声で椿は答えた。

「ほんとうは別の事情があって描かないのかもしれない。描けないのかもしれない。心当たりはそれだけだという話よ。ものを創ってる人に、どうしてやめちゃったんですかなんてデリケートな問題を軽々しく訊けるわけがないでしょう」

「……そりゃそうだ」

「どうして本人に訊かずに、回りくどい情報収集なんてしてるの？」

見据える目は、初鹿野をはっきり疑っていた。片喰に会ったときの初鹿野みたいに。あなたは誰なの、と。

「本当は、お友達なんかじゃないんでしょう。初鹿野さんとてつくんって、何なの」

「さあ」

「はぐらかさないで」

「はぐらかしてない――……ほんとに、俺にも分からないんだ」

またひとつ、知らなかった片喰を知ってしまった。被雷。ひらけた屋外が苦手だ、という意味がやっと分かった。なのにビルの屋上に呼び出され、そう遠くない場所での雷鳴にさらされていたら恐怖で体調を崩すのも無理はない。服を脱ぐのをためらった火傷もきっとそのせいで。熱かっただろうか。痛かっただろうか。想像を絶する高温で肉体を貫いた光は。大した波瀾万丈《はらんばんじょう》だ。

でも片喰は、あの夜、自分に会えたことだけを生涯の転機のように話していた。一生ぶんの運を使った、と。

いやいや。

これからだろ。

気温は低いものの風がまったくなく、過ごしやすい日だった。

「あそこ？」

「うん……三階の、右端」

四階建ての、くすんだクリーム色をしたマンションを道路向かいから見上げる。何とかコーポとか何とかハイツとか、そういうありふれた規格の中古賃貸。ベランダの物干しざおにはバスタオルが何枚かかかっていて、洗濯もの、よく取り込み忘れてたっけと思い出した。しょっちゅう日が暮れてから「湿っちゃう」と慌てていたものだった。いつも履いていたサボは捨てたんだったか、家を出るときに持って行ったんだったか。


母親の家を見たいから一緒に来てくれないか、と電話した。

——分かった。

言いたいことも、訊きたいことも、謝りたいこともたくさんあったのだろうが、片喰はそれだけを口にした。色んな言葉を飲み込んだのが顔を見ていなくても分かった。東京からJRで一時間半、特急に揺られている間初鹿野はずっと外を見ていて、お互いに一言も口をきかなかった。でもふしぎと重苦しい雰囲気じゃなかった、と初鹿野は思っている。

男ふたり、ガードレールに腰掛けて張り込みよろしく他人の家を見つめている光景は大いに怪しかったが、あたりに人通りは少なく、誰に見咎められることなく留まっていられた。

にぎやかさのない街の感じは、十八まで住んでいたところと似ているような気がした。でもあんな特徴のない場所、日本じゅうのどこにでもあるのかもしれない。

「寒い？」

片喰は「大丈夫」と言ったが構わずにすぐ後ろの自販機で缶コーヒーを二本買った。

「無糖と微糖、どっち？」

「どっちでも」

「決めろ」

命令形で言うと、身体ごと揺れてからブラックを指差す。

「お金……」

「いらない」

「ありがとう」

ありがとうじゃないだろう。わけも分からず付き合わされているのに。お人よし。

「いっつもブラック？」

「うん。仕事中、眠気覚ましに飲むことが多いから、いつの間にかそうなっちゃった」

「ふーん」

スチール缶は案外温まっていて、飲み口で唇を軽く火傷した。

「知らなくてさ」

コーヒーの好みも、食べ物の好みも、色や服や靴の好みも。

「覚えとくよ」

片喰はプルトップを起こしもせず、缶を握ったまま初鹿野の横顔に見入っていた。その言葉が自分にとって喜ぶべきものなのか悲しむべきものなのかさえ仕分けられないみたいだった。

着いたときにはうすい水色だった空が、ふたりの目の前で赤と橙の入り混じる夕暮れに、やがてじわじわつめたい紺色の宵になっていった。グレーがかった雲は影の部分に真珠の光沢を帯びながらゆっくりと流れ、形を変えた。自然の色は何をどう混ぜても濁らず、澄んだまま溶け合うふしぎ。人間はたったのふたりでもどろどろのぐちゃぐちゃになってしまうのに。

ぽつ、ぽつ、と思い出したように街の灯がともっていく。朝じゃなくて夜こそが、目覚めにふさわしいような気がする。むずかりながら、まばたきながら、身じろぎながら、起き上がってくる別々の光。

「あ」

片喰が短い声を上げた。母たちの部屋が明るくなった。どこかから帰ってきたのだろうか。ついたね、と片喰が言って、うん、と頷いてから何だこの会話とおかしくなった。暗くなったから明かりをつける、という当たり前の行為を外から眺めているだけなのに、何か大事なセレモニーの点灯式にでも立ち会ったように、まじめな顔で。

目を細める。バスタオルの間から覗くカーテンの向こうに一瞬人影を見たような気がしたが勘違いかもしれない。そのまま、すこしだけぬるまった缶コーヒーを飲み干して立ち上がった。

「行こう」

あんまりぐずぐずしていると、干しっぱなしの洗濯ものを思い出して出てくるかもしれない。自販機の横のごみ箱に空き缶を投げ入れた。さまざまなデザインの飲料は背後から真っ白に照らされ、販売中のランプは緑の一つ目のようだった。昔好きだったドリンクは見当たらない。光の中にある商品は回転が速いのだ。いつまでもまぶしい場所にいられない――物も、人も。

「会わずに帰るの？」

初鹿野の長い沈黙を、逡巡《しゅんじゅん》や緊張だと受け止めていたらしい。片喰はもたもた迷って、結局ダッフルコートのポケットに手つかずのコーヒーを入れる。服の形が崩れるだろうに。記念品的に保管されそうだな、と考えて、片喰が今でも自分を好きだと、すこしも疑っていないことに驚いた。

「いいよ。見たいんだって言っただろ。……何か、何て言うか、気が済んだ」

あの明かりの下で、不幸じゃなければいいと思う。病気とか貧乏とか、そういう状況の話ではなくて。不幸じゃないように祈っている。かつての冷めた無関心とは違う「もういいや」が自分の中に確かに芽生えていた。

そう思い続けていられれば、いつか会う日もくるかもしれない。

来た道を戻る途中でバスが停まっているのを見かけた。初鹿野はとっさに片喰の手を引いて駆け出す。

「え？　え？」

そのまま、引きずるように車内に連れ込むとドアが閉まった。ほかにも乗客がいたのですぐに手を離し、手すりを握りながら「散歩しよう」と言った。

「歩いてねーけどさ」

「で、でも」

『あーお客さん、そこ立ってたら危ないんで座っててねー』

運転手がマイクで割り込んできて会話は中断された。初鹿野がふたり掛け席の窓側に座ると、片喰はその真後ろにつける。

「どこ行くの？」

バスがどこに向かっているのか知らないし、そんなことは決めていなかった。ただ、このまま東京に帰ってしまったら何も話せないままだという気がした。それはいやだった。運転席の上にある停留所のルートを眺めていちばん端っこに決めた。

「――海岸」

うみ、と片喰が呟く。生まれて初めて海を見に行くような無防備な響きで。その声にかぶさって「次、停まります」のアナウンスが流れた。


二十分ほどの道程で客はひとり降り、ふたり降りして終点ではとうとう自分たちだけになった。海沿いなのにやはり怖いぐらいの無風で、海面はべた凪《なぎ》に凪《な》いでいた。冬枯れの空気に潮の匂いが潜んでいる。

ステップを降りるときから何となくあやうかった片喰の足取りは、防潮堤の上を歩くに至って錆《さ》びついたおもちゃみたいに鈍くなった。海が広いから空も広い。周囲には樹木も建物もなかった。

「……怖いか？」

「大丈夫」

精いっぱい平気なふりで頷いてみせる。どうしてこうもバカなんだろう。もう知ってんだよ、とは言わずに初鹿野は、片喰のコートのポケットに手を突っ込んだ。

「ひゃっ」

片喰が氷でも入れられたような声を上げる。構わずその手を引き出し、しっかり握った。手首を交差させて指を絡める、いわゆるカップルつなぎ。こわばって伸ばされたままの片喰の指を、手のひらでプレスするように自分の手の甲へ押し付ける。

「こうしてたら平気？」

「うん」

血の気の失せた頬に赤みがさす。缶コーヒーの熱も通じなかった手に少しずつ初鹿野の体温が移っていくのも分かるから、まあ、これは嘘じゃないんだろう。浜にはごろごろと大きな石やごみが散らばっていたからそのまま延々と続くコンクリートの上を歩いた。海はくろぐろとした水を抱き、時折鉱物のように艶《つや》めいた。その上でたゆたゆ揺れているような遠くのホテルや民家の灯り。波音も聞こえない。やって来る車は、見るべきものなど何もないというように猛スピードで走り去る。そのヘッドライトの中に、かたく手をつないで歩く男ふたりの姿は映っているのかどうか。

海に向かって突き出した堤防の、先端に行く。足下を見る。

「見てみな」

片喰も覗き込んで「わあ」と手に力を込めた。

「夜光虫」

積み上げられたテトラポッドが水面と接するふちに青い光がちらちら儚《はかな》く揺れていた。

「きれいだなあ」

「普通は夏なんだけど、珍しいな。風がないせいかな」

「これを見せに連れてきてくれたの？」

「いや、たまたま」

ぼんやり屈んでいると、片喰が急に手をほどこうとする。

「何だよ」

「ごめん、もう、平気だから、ほんとに。つないでくれなくても」

「何で」

「だって、人に見られたら」

「誰がいるんだよ。でも、もし見つかったら男同士の心中と間違われるかな。こんな海っぺりに佇んでちゃ」

初鹿野は笑ったが、片喰は相変わらず困惑したように連結したふたつの手を見ている。

「なあ、どんな感じ？」

「え？」

「雷に打たれるって」

何で知ってるのとは訊かれなかった。片喰は、闇夜と区別のつかないぐらい暗い沖合をゆく船の赤い灯に視線を移して「覚えてない」と答えた。

「ゴルフに連れてかれたんだ。アニメ放映してくれたテレビ局の偉い人に。娘さんが俺のファンだって。ゴルフなんかやったことなかったし、知らない人と一緒っていうのも気が重かったけど、断れなくて……何ホール目だったのかな、空が、急に暗くなって雷が鳴り出して」

危ないからクラブハウスに戻ろう、と引き返しかけたところで片喰の記憶は断たれているのだという。

「ものすごい音がして、目の前が真っ白になったと思ったら、もう病院にいて。背中の火傷がひどかったからうつ伏せで、天井じゃなくて枕を最初に見たんだけど。電気が頭から入って背中から抜けたって言われた」

ここんとこ。前髪で見えない、生え際のあたりをとんとん示す。

「額と、背中に痕が残ったぐらいで、髪の毛も生えてきたし、運がよかったなって思ってる」

「じゃあ」

初鹿野は言った。緊張ですこし声がひび割れて聞こえた。

「何で漫画描かないの」

片喰はまた驚いたようだったが、やっぱり何も訊かなかった。描けなくなったんだ、としごく軽い調子で笑った。寝坊しちゃって、とか、消しゴム忘れちゃって、とかそんなふうに。

「身体の問題じゃなくて、頭が駄目で。何も思い浮かばない。描いてきたことも、描こうとしてたことも、ほんとに何もなくなった」

「記憶喪失ってこと？」

「ううん。漫画描いてたことは覚えてる。読み返して、ああこのとき〆切大変だったとかネームにOK出なくて悩んだとか、そういうのも全部。ただ、何て言ったらいいのかな——もう自分の中に物語がない。物語のもと、みたいなのが落雷で死んだ」

「ちゃんと検査してもらったのか？」

「うん。CTもMRIも、カウンセリングみたいなのも、ずっと。目に見える原因も成果もなかった。ただ、俺の脳の、創造性の部分、漫画のこと考えてる場所が焼き切れたのかもしれないって先生は言ってた。初鹿野、前に教えてくれたよね、蛍光たんぱくで脳の働きが分かるって。たぶん俺の脳を見たら一部分だけ光ってないんだと思う」

背筋が寒くなった。実験用に、アルツハイマーを発症させたマウスの脳の写真を思い出したからだ。ヒトのアミロイド前駆体とプレセニンIを発現するように遺伝子操作されていて、という説明だけではその病変を理解しきれないが、写真を見ると一目瞭然だった。損なわれた器官。くもの巣のように入り組んだニューロンの突起がある部分でぶつぶつ途切れて死んでいる。それはクラゲから取り出した蛍光たんぱくで輝く緑色の抽象画として現れる。脳が壊れていることを、美しく示す残酷。

「いつか、元に戻る可能性は？」

脳に一度負った傷は戻らないが、他の部位がマイナスを補うために発達するケースも珍しくない。たとえば目の見えない人間の聴力や皮膚感覚が、晴朗者のそれと比べ物にならないように。

「分からないんだって。頭の中のことは……落雷の一時的なショックがまだ続いてるだけで、ある日突然閃《ひらめ》くのかもしれないって。でも俺は、もう戻らないと思う。後ろ向きな考えをしてるわけじゃなくて、もう、失《な》くした、それだけが理屈じゃなく分かってる、だからもうどれだけ待ってもらっても無駄なんですって出版社の人にお願いして終わらせてもらった。読者をないがしろにするのかって怒られたし、泣かれたけど『行きたくもないゴルフに無理やり駆り出したのはあんたらだろう』って父親が切れ返して——お父さんが怒鳴るところ、初めて見たな」

場違いに明るい思い出し笑いをした。

「編集の人には終わりまでの構想渡してたから、それを見せられたんだけど、ああそう、としか思えなくて。人の頭の中を覗かされた気分だった。とても描けないと思った。あらすじに肉付けしていくことを想像するだけで途方に暮れて、苦痛で。だからもう、単純な作業としてだけの漫画の仕事をやってこうと決めた」

頭の中から「物語」がなくなるってどんな気持ちだろう。現実の肉親や友人と仲たがいして絶縁するようなもの？　それとも先立たれるぐらい？　物語をつくったことのない初鹿野には分からない痛みだった。その喪失、その空虚。

分かってやれないそれが、もどかしくて悔しかった。初鹿野が黙って唇を噛んでいると、片喰は「暗い話してごめんね」とまたとんちんかんに謝った。

「言いたくなかったんだ。言えなかった。初鹿野みたいにちゃんとしてなくて、中途半端に仕事投げ出して。……俺ね、身体が動くようになったらすぐ病院抜け出した。家の鍵と小銭入れだけ持って、パジャマとスリッパで。よく通報されなかったなと思うんだけど、どうしても家に帰りたくて」

「何で」

「先生が、落雷に遭った人は記憶障害が出るケースも多いからじっくり検査しないとって言って、それ聞いた瞬間冗談じゃないと思った。初鹿野のこと忘れてたらどうしようって気が気じゃなくて。埃《ほこり》だらけの家に帰って、ノート、一冊目から全部読み返して、そしたら全部心当たりがあった。書いた時の状況も、自分の心境も。漫画見たときと違って、ちゃんとした手ごたえ。ほっとして、嬉しくて、ノート抱えて泣いた。よかった忘れてないって。俺がいちばん失くしたくないものはそれだったから」

それは一途《いちず》なんて呼べる代物じゃない、昏《くら》い熱だった。光を吸着してかき消してしまう。こいつおかしい、と思った。目がくらむような気持ちで、でもその熱に呑まれることをおそ

れていない自分も。

「漫画家としての自分か、心の中の初鹿野かって訊かれたら俺は絶対に初鹿野を取る」

「また会えるかどうか分からなくても？」

「分からなくても」

「俺がお前を、好きにならなくても？」

「ならなくても——……だから俺は、もともとプロ失格だったんだね」

片喰がぎゅっと手を握る。初鹿野はそれで、自分の指がふるえていることに気づいた。

「好きだよ初鹿野。大好きだ。初鹿野のいない世界なら、何を持ってたって意味がない。

……ごめんね」

情けない告白に涙がこぼれた。この間みたいに、すぐ立て直せなかった。片喰が途端に
「泣くほどいやだった？」と慌てふためく。片喰の手を振り払う。

「大バカ」

両手でこぶしをつくり、目の前の胸を強く叩く。肩に顔を埋める。

「は、はじかの？」

「お前の漫画、読んだよ」

うめくように打ち明けた。うつむいた顔からぽたぽたと涙を落としながら。冷えたコンクリートに吸い込まれていく。

「面白かったよ……」

「え、あ、あの、ありがとう」

しまらない答えを聞いたらますます泣けて、うんざりするほどためらった手がおそるおそる肩を抱くまで止まらなかった。


降りた停留所の向かいから逆方向のバスに乗る。このまま駅まで運んでくれるらしい。片喰がまた往路と同様、縦に並んで座ろうとしたので「おい」と声を掛ける。

「何でだ」

「えっ……だって狭いし暑苦しいかなって」

「いいから」

こっち、と自分の隣をぽんぽん叩くと「お邪魔します」と肩を縮めて座った。奥ゆかしさがいいといえばいいし、やっかいといえばやっかい。

いくつ目かの停留所で、スポーツバッグを抱えた高校生が四人、どたどた乗り込んできて、一番後ろの長いシートに陣取った。大声で話し始める。たぶん当人たちに大声の自覚はないのだろうが、電車の中でも何でそんなにうるさいんだとたまにぎょっとしてしまう。初鹿野普通にしたってあのガキどもの時分には周囲の大人が眉をひそめる意味が分からなかった。普通にしゃべってるだけじゃん、と。思春期って五感のすべてが独特の状態に陥るのだろうか。片喰の目に自分が光って見えたように（続行中らしいけど）。

だからその、とりとめのないやり取りは初鹿野たちにも丸聞こえだった。

「――でぇ、もうまじ束縛きついんだわ。他の女と普通のメールしてんの見つけただけで、走ってる原チャのケツから飛び降りようとすんだぜ、こえーまじこえー。別れてー」

「お前最近ずっとその話じゃん。ゆっても好きなんだろ」

「つーか話作ってね？　そんな病んだ女と付き合わねーし普通」

「ちげーし。俺今、どんなジャーナリストより真実語ってるし」

「ははは、バーカ」

「てゆかかわいいのその彼女」

「あ、そこ大事」

「かわいくねー」

「AKBで言うと誰似？」

「秋元康《あきもとやすし》」

「ありえねー！」

「エッチさせてくれんの？」

「あんまし」

「ヤスシとやんなくていいだろ」

「いや、それはそれ、つか」

「どっちだよ。てか見に行こうぜヤスシ」

「東口のコンビニでバイトしてんだっけ」

「行こ行こ。クラスの女子も適当に連れてこ」

「うあーやめて、まじ修羅場《しゅらば》、まじ殺される」

そしてまたいくつ目かの停留所で固まって降りていき、バスが発車すると、ふたりきりになって静まり返った車内で初鹿野と片喰はほぼ同時にふっと笑いを洩らした。

「……面白かったね」

「うん……高校生って、アホだな」

昔は自分も、あんな話をしていただろうか。そしてまた十年後には二十八歳の自分がバカだったと思い起こしたりするんだろうか。

十年後にも片喰は、自分を見ているだろうか。

「そういえば今って『いいくにつくろう鎌倉幕府』じゃないの知ってた？」

「え、一一九二年で習わないの？」

「うん。何でか忘れたけど百の教科書、違ってたんだよ。びっくりした」

「こうですよ、って教えられたことも変わってくんだね」

「うん」

ガラスを見る。互いの顔に流れる景色が透けて半透明に見える。どんどん通り過ぎて行く街の灯を見ていたらなぜだか色んなことが思い出された。

「片喰さ、体育の持久走で毎回三周遅れぐらいだったよな」

「初鹿野はいつもさっさと走り終わってて、俺に『頑張れよ』とか『あと何周』とか励ましてくれて、よろよろゴールしたら『お疲れ』って言ってくれた」

「美術の風景画、いつまでもちまちま色塗ってた」

「初鹿野が『その色きれいだな、どうやって作んの』って訊いて、これとこれとこれ混ぜてって言ったら『へえ、すごいな』って言ってくれた」

年季が違うんだな。としか言いようがない。

「……それで、何を言いたいかっていうと」

「うん」

「走馬灯《そうまとう》みたいにお前のことばっか思い出すんだけど、俺はもうすぐ死ぬのかな」

「えっ、そんなのやだ、俺も死んじゃう」

車窓の片喰がみるみるくしゃりとゆがんだ。

「……じゃあ、お前のこと好きなのかな」

泣きっ面が、今度は引き伸ばされたように呆気に取られた表情に変わる。色味までは分からないが、おそらくまた赤面してるんだろう。

「好きだよ」

ぱあっと目を輝かせるわけでもなく、どうやら動揺と混乱の海に突き落とされてもがいているらしかった。無理もないか。

「そ、それも死んじゃう、かも」

「駄目じゃん」

初鹿野が笑うと、その笑顔に縋《すが》りつくような眼差《まなざ》しをした。「知ってた？」ともう一度尋ねる。

「きょうが土曜日だって」

分かりきった問いに、片喰は面食らった顔で頷いた。

「うん」

「俺、あした会社行かなくていいんだって」

「うん」

透き通る片喰の頬に手のひらを押し当てる。ラーメン屋のネオンがその中をすり抜けていく。

「……駅前に、そこそこきれいなシティホテルあったのは？」

「え」

絶句した眉間《みけん》——ガラスの中のほう——を指先で弾いてやった。爪は痛かったが、片喰が「いっ」と驚いてのけぞるという予想以上のリアクションを返してくれたので満足した。こんなに親切に誘ってやるの、最初だけだからな。

成長しろよ。

「……何か俺に、言うことない？」

「い、一緒に、と、泊ま、」

「泊まらず？　泊まれば？　泊まるとき？」

泊まりたい、と片喰は額を押さえたまま言った。

「——泊まろう」

「よくできました……できてないけどな」

片喰の手を取る。「かがんで」と囁《ささや》くと、本物の片喰に身を寄せてこっそりキスをした。


ホテルの窓ガラスは結露してびっしりと細かなしずくをふいていた。その向こうの夜景は水彩画のようにぼうっとにじんで見える。光そのものが水に溶けたみたいだった。

片喰が手をつけなかった缶コーヒーを飲む。バスルームからシャワーの水音がやむと自分の心臓の音を意識せずにはいられない。緊張してる、と思ったが、向こうは軽くその十倍の動悸《どうき》だろうと思えばふしぎと落ち着いてくる。ふたりしてあわあわしててもことが進まないし。

ぐずぐず逡巡するのかと思いきや、案外さっさと片喰は出てきた。男ふたり、バスローブ姿っていうのも妙な光景だ。

「外、見てた」

「うん」

初鹿野が言うと、首にかけたタオルの両端を握って頷く。

「こうして、水滴越しに見るとお前の描く夜景に似てんなって思って。ふやけて溶けそうなの」

「そうかな」

「うん、何か雰囲気が独特だったよ」

「たぶん、レーシックのせいだと思う」

片喰は狭いツインの部屋をうろうろした挙句、ここしかないと悟ったのか遠慮がちにベッドに腰掛けた。

「手術したら、夜の景色がすごく、前より鮮やかにきらきらして見えて」

「それ、失敗されたんじゃないのか」

何でこいつ、自分の特異な体験はさらっと語るんだろう。

「ううん、視力自体はよくなったたし、個人差の範疇《はんちゅう》だと思う。たまに同じような人いるみたい」

「何で、レーシックしようと思ったの。コンタクトじゃなくて」

「今までしなかった経験をしてみたかったから」

つまらないことだけど、と照れくさそうに髪の毛を拭く。

「初めて描いた漫画で賞もらって、まとまったお金が入って、何しよう？　って考えて……日本じゃまだそんなに普及してなかったし、母親にも反対されたけど、何もせずに後悔だけが残るのはもういやだったから。結果的にはやってよかったと思ってる」

初鹿野は窓際の椅子から立ち上がり、壁にある照明のスイッチを切った。ベッドサイドのスタンド以外の明かりが落ちたが、カーテンを開け放しているので不自由はない。

「……今でも俺は、光って見えてる？」

「うん」

ベッドに片膝を乗せる。バスローブの裾《すそ》がはだけてあらわになった脚に片喰がどぎまぎしているのが分かった。

「俺は普通のサラリーマンだよ。昔がどうだろうと、今のお前とは比べ物にならないぐらい平凡な」

「そんなことどうでもいいよ」

片喰が言った。

「角膜焼いたって、雷に打たれたって、十年経ったって、初鹿野だけが変わらず大切だった、それだけなんだ」

まだ湿り気の残る頭にそっと触れる。

「もう俺に、隠してることない？」

「え？」

「お前の人生の重大事件を黙っててんじゃないかって訊いてんの」

「えと……たぶん、大丈夫。ていうかそんなに大きなことは……」

「よく言うよ。……俺は、やなんだ。他人の口からお前のこと教えてもらって『えっそうなの？』ってなるの。自分がバカみたいでむかむかするし……不安になる。お前が、心の中にいる俺にあれこれ言ったりしたりするだけで満足してて、現実の俺からのレスポンスなんて必要としてないんじゃないかって」

「そんなこと」

片喰の弁解を途中で遮ってベッドに押し倒した。馬乗りになって「どうしてくれんだよ」と言う。

「俺、こんな湿っぽい性格じゃなかったはずなのに、お前のせいだぞ」

片喰は、流れ星でも落っこちてきたように呆けた顔で初鹿野を見上げ「責任取ります」と宣言した。即座に口元をつねる。

「え、い、痛い」

「お前まだ自分の立場が分かってないらしいな」

「ごめんなさい……？」

「──責任は、俺が取るんだよ」

年貢の納めどきだ。十年も愛されてたんじゃあ。

軽くくちづける。

「……コーヒーの匂いがする」

片喰がつぶやいた。

「さっき勝手にもらった。あしたの朝、また買ってやるから」

「そんなのはいいけど……」

「何だよ」

「この先、コーヒー飲むたびに思い出しそうで困る」

「目が覚めていいだろ？」

「仕事にならないよ」

甘ったるい泣きごとを無視して深く合わせたら、唇にちょっとしみて「いて」と押さえる。

「ごめん、どうかした？」

「さっき火傷した」

「大丈夫？　駅前の薬局まだ開いてるかも。薬、買ってこようか」

「へー、この状況で俺を放置してくんだ」

「だ、だって」

腹の上に腰を下ろすと身体の後ろに片喰の欲望を感じた。薬局に行くんならもっとほかの必需品を買ってきてほしいけど、今はもうそれどころじゃない。

「舐《な》めて」

唇を寄せる。

「でも、痛いんじゃ」

「いんだよ。分かってないな」

下唇をたわむれに噛むと肩をふるわせた。

「ごめん、俺、こういうの全然駄目で、分かってないけど、あの、頑張るから――」

ちゅ、ちゅ、と浸かるようなキスの合間に片喰はそんなことを訴えた。頑張る、ねえ。この粗忽《そこつ》な男がかつて抱いたのはどんな相手だろうと想像する。手管《てくだ》のなさに呆れたろうか、それともむしろ愉《たの》しめるようなこなれた女か。嫉妬という感情を久しぶりに自覚した。新鮮な焦燥だった。片喰の唇にぶつけた。火傷したところがぴりぴり痛むのさえほかの行為では得られないいやらしい刺激になった。

深く絡ませるのは好きじゃなかった。ねちっこくて気持ち悪い、と忌避《きひ》して、白《しら》けさせない程度に盛り上げる努力に徹してきた。でも今は、これもセックスそのものなんだと思える。前戯の序盤じゃなくて、もっと濃密な交合へ至る一度目の交歓。だってこんなに息が上がる。バスローブの紐《ひも》を解《ほど》きながら片喰はしきりと体勢を入れ替えたいような動作をした。上にいるほうが安心するのでこのまま進めたかったが、それは向こうも同じだろうから大人《おとな》しく譲ることにして、脇にずれると仰向けになった。

のしかかってきた片喰が、はだけられた素肌に吸いつく。

「あ——」

乳首に這《は》った舌がちいさなしこりをくすぐるようにちろちろ動いて、そこからじわりと甘い痺れが広がった。指先と唇で尖《とが》る場所を愛撫されると、快感は水がしみていくように全身を染めた。

「あ、や……」

初鹿野も両手を伸ばし、片喰のバスローブの襟からうなじへと滑らせた。片喰が、は、ともどかしいような息を吐き出す。

「脱げよ」

「うん」

腰紐の結び目に指を引っかけたけれどなかなかほぐれず、こんなに固く結びやがってバカと思ったが、片喰はするりと難なくばらしてみせた。

邪魔な布を肩から落として裸の胸同士をぴったり重ねると、高まるばかりの性欲とはまったく違う次元での、計り知れない充足感に陶然となった。やさしい気持ちにもなった。この先どんなに腹の立つ事件があっても、これを与えてくれるのは片喰しかいないんだという静かな確信と。

熱い肌が嬉しい。うっすら覆う汗も嬉しい。そうさせているのが自分だというのが何よりも嬉しい。手のひらを背中にさまよわせると、確かに広範囲にひきつれた異和感がある。やけにつるつるとしてセルロイドみたいだ。

「痛い？」

「ううん」

「触ってるのは分かる？」

「うん」

撫でさすると片喰は犬みたいに笑った。かわいそうに、と初鹿野は言った。

「こんな痛い思いして、かわいそうに。なんにも悪いことしてないのにな」

「初鹿野――」

「……俺のこと、忘れないでいてくれてありがとう」

たまらないというふうに、めちゃくちゃなキスをされた。

「どうしよう、夢だったら、こんなの……今目が覚めたら絶望して死ぬ」

八の字に下がった眉がまた何かを思い出させると思ったら、学校で「周りの人とふたり組を作りなさい」と大味《おおあじ》な指示をされたときの顔と同じだった。

「お前、一命を取り留めた割に軽々しく死ぬ死ぬ言うよな」

「だって」

その後が続かなくなったのか、またキス。

「好き——初鹿野——好き……」

与えたいのか奪いたいのか分からない乱暴さも、稚拙な告白も、身体は全部悦《よろこ》んだ。貪欲に吸収して昂《たかぶ》っていった。

「ああ……っ」

脇腹も鎖骨も、どこをどんなふうに触られても感じた。片喰の身体が今でも微弱な電気を帯びているんじゃないかと馬鹿げた考えがよぎるほど。

「あっ、ん……や、あぁ、も、駄目だ——」

「初鹿野……後ろ、向いて」

その、あまりにあからさまなかっこうを考えると発熱しそうだったがそれすらいやだと思えなかった。腰を掲げて脚を開き、枕をふたつまとめて抱きしめた。顔を埋めてくぐもった声で「じろじろ見たら殺す」と脅しをかける。

「えっ……でも、見なきゃできない」

「うるさい」

「大丈夫だと思う」

「何がだ……」

「……かわいいから」

「だからどこ見て言ってんだ！」

こっちこそ恥ずかしくて死にそうだ。

「いや、だ……っ」

背後をそろりと開かれて、そこが外気にさらされるのが分かる。

「ひ――あ、あ、ああ……」

ぬるりとした舌に入り込まれると初鹿野は思わず顎《あご》を突き出していた。悪寒とも恍惚《こうこつ》ともつかないさざめきが尾てい骨から脊椎《せきつい》へ抜けていく。閉じた肉をかき分ける弾力とぬるつき。たちまち唾液は狭い場所からあふれ出し、中にとろりと伝っていくのと内股《うちもも》を流れ落ちていくのを同時に感じて上半身を枕にこすりつけると疼きっぱなしの乳首がこすれてますます収拾がつかなくなった。

「やぁ！　あ、あぁ、っん」

音が響くほど濡らされた場所にやすやすと指が押し入ってきて、くちくち前後されるのに合わせて初鹿野は自分で性器を握り、扱《しご》いた。こんな一心な自慰は、十代のころにもしなかったと思う。浅ましい乱れようが片喰を興奮させているのが背中に聞こえてくる息遣いで分かっていっそう止まらなくなった。過敏な部分にあたるよう腰を振り立て、ひっきりなしに嬌声を上げながら。

「だめ、あ、かたばみ、も、いく――」

「うん」

力の入らない手で必死に脱ぎ捨てたバスローブを引き寄せ、腹の下にあてがう。同時に増やされた指がさきほどより激しい動きで快感を施してきて、初鹿野はオフホワイトのパイル地を白い体液で汚した。

「あっ、あっ、ああ……！」

そのまま、空気の抜けた風船みたいに崩れそうになった下肢を案外力強い両手が支える。

「あ……」

「初鹿野……いい？」

こくこく夢中で頷くと、初めてのときよりもっと熱いものが粘膜になすられる。きっと自分が片喰を好きになったからだ。こんなに、怖いぐらい熱く感じるのは。気持ちが身体で分かるのが嬉しくて、この上なく幸せなことのようで、セックスして泣きたくなるのは初めてだった。

　片喰は根本まで収めるとゆっくりと動き出し、瞬間ぶわっと全身の細胞が逆撫でられたような気がした。気持ちよすぎて。

「あ、ああっ、やっ……」

　頼りない羽根枕にしがみつきながら、次は正常位でやろうと決心する。つかまるなら片喰の背中がいい。

「んっ、や、あ――片喰、どうしよ、気持ちい……」

「ほんと？」

　張り詰めた性器に手を回して確かめられ「あっ」とちいさく叫んでしまう。

「だめ、だって……また出る、やだ、あっ」

「出して、もっと――初鹿野がいくとこ、見たい」

「や、そこっ……てか、むかつくっ……」

「な、何で？」

　無理して首を曲げ、肩越しに片喰をにらむ。涙目じゃびびらせることもできないけど。

「何でお前、そんな余裕ありげなの？」

「ないけど……あの、強《し》いて言うなら、さっき風呂場でその、二回ほど」

抜いてきましたってか。

「だってそうしないと、何もしないうちからいっちゃいそうで……あ、ちょ、締めないでっ」

「卑怯者《ひきょうもの》」

「ばか、わざとじゃないって——あぁっ！」

腰回りに片喰の指が食い込むのを感じた。

「ごめん、もうむり、我慢できない」

動くね、と軽く耳を噛んで片喰は手加減なく揺さぶってきた。

「あ、待って、あ、いや」

突き入れられる先から自分が別の生き物につくり変えられてしまうような気さえした。ただみだらに貫くものを欲しがるだけの。身体の中心を穿《うが》つ熱い塊はとろける火になって、飴《あめ》のように吹かれるガラスのように片喰の腕の中でいくらでも、片喰の求めるかたちに。

「くっ、あ、出る……っ」

「あっ、だめ、あぁぁっ……！」

いちばん奥で大きく膨らむのと同時に、自分の内部がきゅうっとすくむのが分かった。飲みたがるみたいな動きに初鹿野はかぶりを振ったけれどそのまま出されて、卑猥《ひわい》な放出にも犯されて達した。

起き上がって、カーテンを閉めようとする片喰をとどめた。

「そのままでいいよ」

「まぶしくない？」

「平気」

乱れていないほうのベッドに移動してだらだらしていると、片喰が言いにくそうに「あの」と切り出す。

「初鹿野、蒸し返して悪いんだけど、その、百さんのお金のこと」

「もうちょっと保留にさせて」

剝《む》き出しの肩に毛布をかけてやりながら答える。

「俺たちの家のことだから、もうすこし悩みたい。時間がないのは分かってるけど。もし、お前の世話になるなら、ちゃんと素性を父親に説明しなきゃいけないし……父さんは傷つくかもしれないから。ちょっと勇気要るだろ」

「そっか――ごめんね、俺、そこらへん全然考えてなかった」

しゅんと、夜のカタバミみたいにうなだれるさまがかわいいだなんて、自分も相当やられてきたと思った。

「それより、きょうのこともちゃんとノートに書いとけよ」

「えっ」

またたく間に頬を紅潮させる片喰に「はは」と笑う。

「このむっつりが」

「だってそんなの！」

片喰を見る。片喰の向こうにある街の灯を見る。どこからも離れてぽつんとともっている光に勝手に胸が痛くなる。でもつめたくも熱くもない、温かなもので満たされている。傍《かたわ》らの体温。

こんな気持ち、教えに行ってやれたらいいのに。

あのころのお前に。

あのころの俺に。

恋の灯ひとつ

最後の仕上げと保存を済ませてからデータを送信し、目と肩をぐりぐり揉《も》んだ。急ぎで飛び込んできたイレギュラーの仕事だったのでかなり疲れた。三日ぶりにシャワーを浴びてから再度パソコンに向かうと、先方からＯＫのメッセージが届いている。やっと解放された。今年の労働はこれでひと区切りだ。

椅子の背で大きく伸びながら時計を見ると午後十一時を回ったところだった。今から行っても遅いだろうな。宴たけなわのところに入っていく勇気もないし、残り少ない体力気力を振り絞って外出するのは諦めた。モニターに映るグーグルのロゴはオーナメントで装飾されたクリスマス仕様。

片喰《かたばみ》は、自分に漫画の才能があるなんて思ったことはないが、初鹿野《はじかの》には間違いなく「人に好かれる」という天稟《てんぴん》がある。初鹿野が楽しそうに笑ったり、うんうんと興味深げに頷《うなず》いてくれたりすると、誰もが「この人ともっと話をしてみたい」と思うのだ。不快や疲れをあらわにしない、人の悪口を言わない、誰にでも優しい、秘密を守る、箇条書きの要素よりずっと初鹿野の持つ明るい存在感には説得力がある。きょうのことだってそうだ。

一週間前、「ここ行ってみようか」とふらりと入ったバーの店長に気に入られたのか、何くれとなく話しかけられた。寒いっすね、とか、家どのへん？　なんていうどうでもいい世間話から初鹿野はたちまち打ち解けてしまう。他人と相対するときに力みや緊張を感じさせないからするっと心を許せるのだと思う。

——来週ね、ちょっとパーティやるんだけど。イブに。よかったら、と招待状を差し出された。

——んー、でも常連さんの集まりでしょ？

——いや、全然。気にしないで。彼女とか連れて来てくれてもいいし。

初鹿野は「彼女いないんで」と笑って片喰を指した。

——男ふたりでもいいですか？

——ああ、どうぞどうぞ。じゃあ女の子に声掛けとかなきゃ。「当たり」がふたりも来るって。

——よく言うよ。

その後、意気込んで支払いを持とうとしたら財布のジッパーがレシートを噛んで開かなくなった。もたもたしている間に後ろに人が並び出して血が昇った頭のてっぺんから真っ白になっていくほどうろたえてしまった。いつもこうなのだ。たまたま予習を忘れた日に英文和訳を指名されたり、遠足の日を勘違いしてひとりランドセルで登校したり、とにかく万事につけ抜けている。

結局、初鹿野がささっと会計を済ませ、後ろの客に「すみません」と謝って、あわあわと言葉も出ない片喰を一言も責めずに笑った。

——確定申告してんだもんな。レシートとか溜めとかなきゃいけなくて大変だな。

優しい。かっこいい。大好き。そしていたたまれない。何で俺はもっとうまくやれないんだろう。映画やドラマみたいにじゃなくて、普通のことを普通の男みたいにしたいだけなのに。

——さっきさ、行くような返事したけど、社交辞令だからな、心配すんなよ。

——え？

——いや、ごちゃっとした集まりとか、お前苦手だろ。

——ああ、うん……でも、初鹿野は俺に気にせず行ってくれれば。

ぽこんと、黙って頭を叩《たた》かれた。その発想がまずかったらしいことは分かる。でも片喰は何て言ったらいいのか分からない。俺が苦手だから行かないで、ってそれは理不尽な束縛じゃないのか。俺が苦手な人としゃべらないでとか、会わないでとか、そういう要求をして振られてしまう人間の話は男女問わず聞く。

結局、知り合いの知り合いの……つまり面識のない作家から「アシがひとり急病で倒れた」という救援要請が入って片喰はそれにかかりっきりになってしまった。初鹿野からの「せっかくだからちょっと顔だけ出してくる」というメールを見たときは、ほっとした。片喰の都合に初鹿野を付き合わせるなんていやだし、招《よ》んだほうでも初鹿野に来てほしかったんであって、盛り上がらないおまけは不要だろう。と言ったら初鹿野は怒るかもしれないけど事実だ。

初鹿野は、十年ぶりに再会した当初は、すこしひんやりとした方向に年を取ったというか、他人との距離をこころもち慎重に空けるようになっていたような印象を受けたが、今は昔の、屈託《くったく》ない顔も覗《のぞ》かせる。もちろんそのどちらも、片喰は好きなのだった。話すようになってから知った初鹿野の不機嫌も、わがままも、怒りも、涙も、生身の生み出す情動のすべてが鮮やかに輝いて見えた。

きっとその気にさえなれば、自分よりいい相手なんかいくらでも見つけられるだろう。いや、俺以下ってあんま、ほとんど、全然、いなくない？

ベッドに転がってひとりで煩悶《はんもん》しているとインターホンが鳴った。即座に起き上がってドアを開ける。寒風が吹き込んできたが、初鹿野が目の前にいるからちっとも気にならない。

「お疲れ」

「うん」

その笑顔だけで、ここ数日の疲労も眠気も身体から剝《は》がれていくのを感じる。

「早かったね」

「うん、あんま遅くなると帰れなくなると思ってさ。街じゅうすごかった、人混みが。週末だもんな」

ほら、と紐《ひも》で十字にくくられた、四角い包みを片喰に差し出す。

「なに？」

「すし。漫画みたいだろ？」

酔っ払った親父の手土産、とおかしそうに笑う顔がほのかに赤い。アルコールのせいだろう、すこしゆるく無防備な感じの初鹿野にどきどきした。かわいい、かっこいい、かわいい、かっこいい、うん、かわいい。

「仕事終わった？」

風呂上がりの風体《ふうてい》を見て尋ねる。

「うん」

「えらいえらい」

犬でも褒《ほ》めるように頭を撫《な》でた手が髪の毛の乱れをせっせと直す。

「ぐしゃぐしゃだな、どした？」

「な、何でもない」

「すし、今食う？」

「後でいい」

「じゃ、しまっとくな」

冷蔵庫の扉を開けた初鹿野が「お前、ケーキも食ってないじゃん」と言った。一週間ほど前に百《もも》が、クリスマスにはちょうど味がしみて食べごろになってるから、とダークチェリーのたっぷり入ったパウンドケーキを置いていってくれた。

「うん、それも後で食べようと思ってて」

「まあ、軽く焦げてるし、失敗作なんだけどな」

「そんな、いらないとかじゃ全然ないんだよ」

「ていうかお前、もっとまめに栄養摂《と》らないと身体《からだ》に悪いぞ」

それは自覚しているのだが、仕事中は満腹だと眠くなってしまうし、何より集中したらふしぎなほど食欲が麻痺する。今も、解き放たれたことを肉体が理解しきっていないのか腹が減らない。片喰は絵を描くときテレビもラジオもつけないし音楽も聴かない。ストイックと言うよりは単にぶきっちょで、ひとつのことにしか意識が向かないだけだ。

「ごめん、気をつけるね」

「ずっとそういうスタイルでやってきてるんだから、俺がとやかく言う話じゃないんだろうけど、家遠いし心配だから」

初鹿野はとりなすように片喰の肩を叩いて「風呂借りるな」と浴室に入っていった。

気を遣わせてしまった。

ベッドの上で三角座り（いちばん落ち着く姿勢）になり、軽く後悔しつつ頭を撫でつけてくれた初鹿野の手の感触を反すうする。すると腹の底のほうからじんわりと幸せになるのだ。遠赤外線的多幸感。

雷に打たれたとき、落雷による死傷者は日本で年間二十人足らずというところだろう、と医者から教えられた。漫画家になってそこそこのヒットを飛ばし、まあ老後も何とかなる程度の収入を得る確率がどのくらいかは定かでない。しかしそのいずれも、片喰にとってはどうでもいい。初鹿野は世界じゅうにひとりしかいなくて、その初鹿野に選んでもらえるのは七十億分の一の確率なのでそれよりすごいことはこの世に存在しない。

中学校の入学式。父親の転勤で越してきたばかりの街でひとりぼっちだったが、クラス発表を見て騒ぎ合う相手がいないのなんて引っ越さなくても同じだったので別に構わなかった。茂みの中のうさぎみたいに息を殺して、目立たないように、誰も刺激しないように小心な心臓をなだめすかして一日一日をやり過ごす、要は今までと変わらない毎日が始まるだけだった。絶望するほどじゃないけど希望もない。この先の人生もこんなだらだらしたつまらなさが続くのだろうと諦《あきら》めていた。新しい場所で何かが変わる、違う自分になれる、なんて期待もわいてこない自身の怠惰《たいだ》さを喜んですらいた。妙な考えを起こしたって裏目に出て恥をかくだけだ。きっとそういう星の下に生まれついているのだから。

心当たりのない名前ばかりがずらずら並ぶ模造紙を無感動に見上げていた。馬鹿にされるのは本当のことだから別にいいんだけど、殴ったり蹴ったり万引きを強要したり、そういうしゃれにならない方向にエネルギーを持て余しているやつと遭遇しませんように。祈るのはそれのみだ。

——カン！

真後ろで大きな声がして、自分に向けられたものじゃないと分かっていてもついびくっと肩をすくませてから、今の大げさな挙動を誰かが見て笑ってやしないかとおそるおそる振返り、目を細めた。

まぶしい、と思ったのだ。何か、まぶしいものがある、と。

確かにその日は「入学式日和《びより》」と勝手に名づけられる晴天だったけれど（全員が晴れがましい気持ちで迎える行事でもあるまいに）、その明るさは空ではなく、地上の、自分と同じ新入生から出ているものだと分かった。すんなりと目鼻の通った、誰からも好感を持たれそうな少年。爽《さわ》やか、という形容がぴったりだった。そして、ぽわんと、月明かりに照らされる雲のような光沢で輝いている。

——一緒のクラスだったの、見た？

友人らしき、さっきの声の主に肩を抱かれて「うん」と頷く。

——ミヤちゃん隣のクラスだった！　なあ部活どうする？　一緒のにしようぜ。

——まだ決めてない。

何でだろう、何でこの人だけ光ってるんだろう。何でみんな普通にしてるんだろう。凝視していることに気づかれないようちらちら盗み見て、ぶかぶかの学生服の下でうすい汗をかいていた。

——あれ？　何て読むんだろ、海原《かいばら》の横……カタクイ？　カタショク？

——さあ。

自分の名字について言われている、と気づくと甲羅にもぐる亀のように首を縮めてしまい、まだなじんでないカラーがうなじをこすった。ひりひりする。

——へんな名前。

「カン」の連れが言い放ち、片喰は面も割れていないのにいたたまれなさを募らせうつむいた。

——そういうこと言うなよ。

「カン」が言った。それは怒ったのでもたしなめたのでもなく、ただ単純な苦笑の響きだった。正義感の強い女子にかばい立てされたりするとますます委縮してしまう片喰には、その冷静さがありがたかった。ほっとした。「カン」の名前を探す。同じクラスだ。缶？　館？　間？　完？　思いつく限りの「かん」と読める字を想像しながら。ひょっとしたら、名前とは何の関係もない由来のあだ名かもしれないけれど。

そして「初鹿野　柑」という名前を見つけた。つくりが「甘」だから、きっとこれは「かん」だろう。はつしかの？　しょしかの？　見たことのない漢字の並び。ふしぎな名前。ふしぎな字。ふしぎな同級生。

入学式の後、教室で初めての出欠確認が行われ、片喰はその名前を知った。

――初鹿野柑《はじかのかん》くん。

斜め前の「カン」が、はい、と歯切れよく答えた。四月の陽射《ひざ》しが学生服の肩を照らして、でもそれよりも初鹿野そのものがやっぱり光って見えて、目が離せなかった。

その日、新品のノートに一行、書きつけた。

『不思ぎな人。初鹿野柑。はじかのかん。』

それが始まりだった。

初鹿野が大判のバスタオルを腰に巻きつけただけの姿で出てくると、露骨に目を逸《そ》らしてしまった。平静な気持ちで見られないので後ろめたい。

「風邪引くよ」

「うん、でも今すげー暑い。あ、これもらうな」

冷蔵庫に常備するようになったアクエリアスを取り出してごくごく飲む。満足げに口元を拭《ぬぐ》う仕草にも鼓動が速くなる。下心のフィルターを掛けなくても、初鹿野の動作はいちいちきれいだと思う。だらだらしたところがない。指一本動かすのにも明確な意思と目的がある、そんな感じだ。きびきびともてぱきともすこし違って、片喰にはそんなところも含めてワンアンドオンリーの初鹿野だった。

「店の人、残念がってたぞ」

空になったペットボトルを濯《すす》ぎながら初鹿野が言った。

「お前、来られなくなったって言ったら」

「そんな」

片喰は口ごもる。そんなのはお世辞に決まっている。いてもいなくても変わらない、せいぜいが「初鹿野の連れ」として配慮された程度だろう。でもそれを表明したら初鹿野はいい顔をしない。

「何だよ、俺がうそついてるって？」

「そうじゃないけど……初鹿野は楽しかった？」

「まあまあ。プレゼント抽選とかあったし。あと、何か有名なモデル？　よく分かんないけど芸能人っぽい男が来ててさ、ちょっとした騒ぎだった。顔見ても分かんなかったけどサインもらったら百喜ぶのかな？って、この発想すでにおっさんだよな」

初鹿野が快活にしゃべっているとそれだけで嬉しい。初鹿野の唇が動いて初鹿野の声がする、それをひと晩じゅうでも味わっていたいと思う。うっとりしていたら、急に思いもよらないことを訊《き》かれた。

「片喰もサインとかあんの？」

「えっ」

「いや、漫画のほうの」

「あるにはあったけど……」

望まなくても必要に駆られる局面というのはある。でもサイン会だけは全力で拒み通した。

「筆記体みたいなの？　凝《こ》ったやつ？　単行本持ってくるから、今度してよ」

「無理……」

「そう言うと思った」

初鹿野は笑ってベッドに近づいてくると「なんかしゃべって」と促した。

「どんなこと？」

「何でもいいよ。だってほっとくと俺だけべらべらしゃべって、片喰はにこにこして頷いてるばっかなんだもん」

ああ、首振りマシーンといても面白くないだろうなとまた自己嫌悪に陥りかけたが、初鹿野は見透かしたように「悪い意味じゃなくって」と言った。

「お前がしゃべるの、もっと聞きたいって言ってんの」

俺は初鹿野がしゃべってるほうが好きなのに、と思う。そして、あ、初鹿野も同じ気持ちなのかと気づく。そうか、好きだってそういうこと。片喰ははっきり言われないと分からない。ポジティブな想像をできないから。初鹿野はそれでも怒らない。急《せ》かしもしない。手を引いて連れてってやるということもなく、すこし離れたところから片喰の戸惑いを黙って見てくれている。その距離が嬉しい。初鹿野を好きでよかった。初鹿野に好きになってもらえてよかった。こんな俺だけど。

「あのね」

座ったまま、初鹿野のほうへとにじる。

「最近、俺の思ってることを言ってもいい？」

「どうぞ」

「俺ね、高校までは、初鹿野の周りに人がいるの見たら嬉しかった。ほら、みんな初鹿野のよさを分かってるんだって。だから初鹿野が彼女といても、全然悔しいとかはなくって。結婚とかされたらショックだなとは思ったけど……」

「うん」

「でも、今は、きょうもそうなんだけど、初鹿野が、きれいな女の人とかかっこいい男の人と仲良くしてるのかもしれないって思ったら、すごく落ち着かない気持ちになる」

「男はいいだろ、男は」

「だって……」

初鹿野はじっと片喰の目を見た。奥二重がはっきり分かる。片喰も見つめ返したいが心臓が保《も》たないのでつい伏し目がちになってしまう。

「それって、嫉妬《しっと》」

片喰にとっては恐れ多い単語が、初鹿野の口から放たれる。

「――だよな？」

「た、たぶん、ていうか、そうです、はい」

「お前が俺の人間関係に嫉妬している」

「はい……ごめんなさい」

自分について言及されるだけで、責められているような気分になる。大人になっても変わらないので、これはもう性分というほかないのだろう。

「うざくて重いだろうけど、だから、あんま言わないほうがいいと思ってたんだけど」

「だけど？」

片喰の中途半端な言葉を、初鹿野は決して尻切れで終わらせようとしない。最後まで聞いて向き合おうとする。そういう真剣さに触れると、また一段深く好きになる。

「……言いたかった。知ってほしかった。こういうふうに思ってるって」

今でも、こうして部屋でふたりきりになると緊張してしまうし、送信と受信を同時に行う双方向のコミュニケーションはいつだって苦手だ。でもおっかなびっくりためらいながら、片喰なりに努力をしていることを初鹿野は分かってくれている。それがどんなにささやかで幼稚でも、頑張り続けている限りは初鹿野の側にいられるように思う。

「まあ、重いのは重々分かっております」

「そうだよね……」

初鹿野はからかうような上目遣いをする。そろそろ何か着てくれないだろうか。忍耐の糸が切れて鎖骨や乳首に釘《くぎ》づけになってしまいそうだ。

嬉しい、と初鹿野は言った。

「お前が嫉妬とかすんの、嬉しい。だからって敢《あ》えてさせようとは思わないけど」

「え、な、何で？」

「いっつも俺ばっかやきもきしてるような気がしてたから」

「そんなわけない！」

「あるって。あー嬉しい、よかった」

どうやら初鹿野はほんとうに手放しで喜んでいるらしい。気持ちは（たぶん）通い合っていてもこういうのはよく分からない。きょとんとする片喰を見て初鹿野は「萌《も》える」と言った。

「――って、こういうテンションのこと言うのかな？」

「え？　え、どうだろう……」

「まあいいや、ところでさ」

初鹿野はいったんベッドを離れ、かばんの中を探り始めた。

「これ」

取りだしたのは、ビジネスバッグに納まるには不釣り合いにかわいい、卵だった。文字通りに。「EGG」という緑色のラベルまで貼ってあるが、生にしろ茹《ゆ》でにしろ剝《む》き出しで持ち歩くとは思えないので実際は卵を模した何か、なのだろう。

「抽選で当たっちゃった」

「お菓子か何か？　あ、昔流行ったチョコエッグ？　食玩《しょくがん》入ってるやつ。クリスマスらしくてかわいいね」

片喰の反応を楽しげに見やって、初鹿野は卵片手にベッドに戻ってきた。

「俺もきょうまで知らなかったんだけど」

「え？」

身を乗り出し、片喰の肩を押す。その力に従って後ろに手をつくといきなりジャージの中に手が入ってきて下腹部をまさぐった。

「わあ！」

「あ、疲れてるから元気」

言葉通り、そこは初鹿野に触れられてたちまち息づく。

「つ、疲れてるっていうか、初鹿野にそんなことされたら……っ、あ、やめて」

「やだ」

ふちがうっすら朱色になった目が欲望とも好奇心ともつかない光をたたえている。

「初鹿野……酔ってる？」

「かもね」

ジャージを下着ごとずらして露出させると「さて」とさっきの卵を突き付ける。

「これをな」

「う、うん」

流れがつかめずにちょっと呆然と見ていると、卵の中から何かを取り出す。底が外《はず》れる仕様になっているらしい。

「こう」

それは、調味料が入ってそうな小袋だった。たとえば弁当の、しょうゆとかタルタルソースが別添になってるやつ。だから片喰は、この期《ご》に及んでも食べ物かなと考える。こんなかっこうじゃ恥ずかしいし気が散って食べられないんだけど。

初鹿野が歯を使って袋の封を切る。その仕草が妙に色っぽく映ってはっとした。隠す布のなくなった下半身に血が集まる。

「こうして」

袋の口から透明な、とろりとしたものを中の空洞に注ぎ入れる。

「……それ、ジャムか何か？」

「いーえ」

ふちをぐるりと盛り付けるように一周すると、ぺたんこになった袋を手の中で握りつぶした。

「ジェル」

「えっ？」

「……普通、ここまでしたら分かんねーかな」

そして初鹿野は、おもむろに卵の穴を片喰の勃起《ぼっき》した先端にかぶせた。

「な、わっ……！」

にゅるりと、何とも言えない生々しくつめたい感触に蓋《ふた》をされて一瞬総毛立った。

「なっ、なに、それ、そういうもんなの⁉」

「もんなの……ほら」

初鹿野が卵を押さえた手を一気に下にずらすと、それは手品のようにみよんと伸びて根本まで覆ってしまう。ぬめりと弾力が一息で全体に伝わり、電気のような快感が走った。

「うっ……」

「気持ちいい？」

手を動かしたまま初鹿野が顔を寄せてささやく。

「どんな感じ？」

「な、中に、いぼいぼっとしたのが」

「へー、よくできてんなー」

「て、ていうか、何で俺？」

「せっかくもらったし」

「せっかくって」

「いやか？」

「やじゃないけど……あっ」

上下されるたび、内部の突起が雨だれのように肉を刺激して駆け抜けていく。

「は、恥ずかしいんだけど」

「今さらだろ」

密着したシリコンからぬちゃぬちゃ音が洩れる。どろどろにふやけそうだ。熱い息を吐きながら目を閉じると、初鹿野の視線でまつげがくすぐったくそよぐような気がした。

「初鹿野……これ、楽しい？」

「うん、すげー楽しい」

いっそ無邪気なほどの口調で返ってきた。

「……別に、役割固定しなきゃならないってこともないんだよな」

「え？」

思わず目を見開く。さっきよりさらに間近にある初鹿野の表情は冗談とも本気ともつかない艶《つや》を帯びていた。

「あの、それは、どういう」

「さあ？」

「んっ……！」

強く握り込まれて息を詰める。初鹿野に抱かれる？　自分が？

「片喰、いきそう？　いきたい？」

ローションでべとべとになった鈴口をぐりぐり揉まれて誘惑に全身をつかまれながらも片喰はかぶりを振った。

「や、やだっ……いきたく、ないっ」

「何で」

ひょっとしたら俺は、すごく厚かましいのかもしれない。

「は、初鹿野の中でいきたい、初鹿野に、挿《い》れたい……っ」

同じ男同士なのに、抱くことしか考えられないなんて。

「初鹿野、お願い、挿れさせて」

ねだると、今の今まで余裕で片喰を追い詰めていたはずの初鹿野があっという間に真っ赤になった。ばか、とうろたえる。

「何でお前、こういうときだけはきはきして……」

強引にくちづける。逃げられないように両肩をつかみ口腔の奥まで貪りながら体重をかけてのしかかった。バスタオルを捲《まく》ると初鹿野もちゃんと兆《きざ》している。

「こら――」

脚を開かせ、まだ指にもなじんでいない場所に押しあてると初鹿野は「いやだ」と二の腕に爪を立てた。

「大丈夫……まだしないから」

この切迫した声色でどこまで信じてもらえたかは怪しいが、とりあえず身体の力を抜いたのは分かったので濡れそぼった性器を一心にこすりつける。ぬちゃりと滑って片喰の昂《たかぶ》りと触れ合うたび初鹿野は切なげに喘《あえ》いだ。

「あっ――あ、あっ……」

「……ひらいてきた」

ぬるみは確かに狭い場所を浸していって、すこしずつ潤《うる》ませ、ほころばせていく。刺激のせいか初鹿野の性感のせいか、酒でも含まされたようにしっとり赤みを帯びて行くさまは片喰の劣情をますます煽《あお》った。

「や、やだ――見んなよ」

「うん……ごめん」

謝りすぎだと、しょっちゅう初鹿野に指摘されるのだけれど、これはその中でも最低に誠意のないものだったろう。物欲しそうにひくひくと開くちいさな口から目を離す気なんてないのだから。

力を込めて先端を含ませると、中へと誘引する動きが気のせいじゃなくあって、片喰は初鹿野の腰をがっしり固定し身体を進めた。

「あっ！　や、や……っ」

入っていくぶんだけ、初鹿野の下まぶたに涙が溜まる。手のひらにあたる腰骨がふるりとわななないている。それでも「痛い？」と訊くと「平気」と言った。めいっぱいに拡がったところは潤滑剤の助けもあってさほどの難もなく片喰を受け入れた。むしろ、全部突き入れてしまいたいという衝動を抑えつけるのに苦労した。

「初鹿野――全部入ったよ」

「んっ……」

ふーっ、ふーっ、と胸を上下させて息を吐きながら初鹿野は頷いた。ぎっちりと片喰をくわえ込む粘膜はちゃちなおもちゃの持ちえないとろけるような熱で片喰を追い上げる。

「あ、もう」

駄目かも、と呟《つぶや》くと初鹿野の手が両側から頰《ほお》を挟んだ。

「もう駄目じゃなくてまだ駄目に決まってんだろ！」

「え、だって、そんなこと言われても」

もうすでにかなり許容を超えていて、無理にせき止められた精液が体内で悪い成分に変容しそうな気すらしているのに。我慢のしすぎは毒だと身をもって思う。

「初鹿野があんなことするから……っ」

まだ、と望む声も眼差《まなざ》しも甘く、こんな件じゃなければいくらでも言うことを聞きたいのだけれど。

「だって、まだ何にもしてないじゃん」

いくなよ。脚を絡められたらその拍子に内部も巻き込むようにうねり、くらくら頭までねじれるような快感に天国で拷問をされている気分になった。

「ちょっ……ごめん、ほんと、もう、限界」

「あ、こら、こらえろ、この」

「う……あ――」

「や――」

初鹿野を抱きすくめて、ほとんど動かないままに果てた。充満した精液の感触に初鹿野の全身がふるえるのが分かった。

「は……」

溜め込んだぶん、放出は長く、快楽は大きく、目と頭をくらませた。ものすごく気持ちいいけど絶対健康には悪い。冬なのに汗が流れて初鹿野の胸に落ちた。それを舐め上げ、乳首にも舌を這《は》わせるともうとっくに固く立ち上がっていて、そのこりこりした感触を唇や歯で味わっているうちにまた欲望が充てんされていくのを感じる。

初鹿野が「あ」と短い声を上げる。

「かたくなってきた……」

「うん」

陶然とした表情にたまらなくなる。これまで女を抱く側だった初鹿野にこんな顔をさせているることが湧き立つような興奮をもたらし、片喰は自分にも征服欲なんていう大それたものがあったのかとそらおそろしくなってしまう。

じゅうぶんに力を取り戻した性器をゆっくり出し入れすると、ローションと精液の混じり合った接合部はぬかるむように卑猥に鳴った。そのみだらさがたまらなく耳に心地よく、わざと音を立てて律動した。

「やっ、やだ、ああっ……！」

引いて、突き入れるたび初鹿野はどこまでも熱くやわらかく片喰を締め付けた。昇っているのか落ちているのか、底なしの発情に向かって没入していく。汗はぽたぽた滴《したた》って初鹿野の肌に浮くそれと溶け合う。

「あっ、あ、いい、っ」

いいと言ったりだめと言ったりする初鹿野のなかに何度となくこすりつけ、再びそのまま出した。

「あ……あぁ……っ」

初鹿野の、腹から胸にかけて散った精液を残らず啜《すす》った。

性欲が満たされたら分かりやすく食欲がわいてきたのですし折とケーキを並べて和洋折衷のパーティを催《もよお》した。いつの間にか日付は回っていて、初鹿野は「こんなベタなこと初めてしたよ」と笑った。

「イブからクリスマスにかけてセックスしてるとか」

「そういえば、実家に帰らなくてよかったの？」

「何で」

「クリスマスだから」

「そういう片喰は？」

「うち、おととし母親が再婚したから、もう実家って感じしないなあ。邪魔だと思う」

初鹿野がぴたりと箸を止める。あれ、何か怖い顔。

「それ、今初めて聞いたんだけど」

「あ、うん、そうだね――……あれ？」

隠しごとはないか、と以前念を押されたが、どこからどこまでが話しておくべきことなのか片喰には判別しがたい。でも初鹿野の反応を窺《うかが》うに、黙っていたのはよくなかったらしい。

「ご、ごめん」

「そういうやつだって分かってんだけどさ」

すねてはいるものの、心底腹を立てているわけではなさそうだった。すしは全部さび抜きで、いつだったか香辛料が苦手だと言った片喰の言葉をちゃんと覚えてくれているのだと思えば嬉しくてありがたくて泣きそうになった。初鹿野がぎょっとする。

「おい、そんな本気で怒ってないって」

「うん……ごめんね、初鹿野、大好き」

「知ってる」

初鹿野は毒気を抜かれたように苦笑すると「百は母親に会いに行ったたから」と言った。

「え、そうなの？」

「ケーキ、失敗作だって言ったろ？　うまく焼けたほうの持ってって……最近、何度か電話してて、きょう、じゃなくてきのうが十年ぶりの再会」

「そっかあ」

何となく窓の外に目をやってしまう。遮光カーテンの隙間からビルの明かりが見える。

「離婚するとき、父親が渡した金、手ぇつけてないんだって。いつか俺や百のために遣いたかったからって……それで、百が進路の話したら全部返すって。返すって言い方が正しいのか分かんないけど、甘えようと思う。父親とも相談して決めた」

「じゃあ、百さん、何の心配もせずに大学行けるんだ」

「入試で通るのが大前提だけどな」

すこし照れたような表情の初鹿野に何度も「よかったねえ」と繰り返した。

「……何でお前が泣くの」

「え、だって嬉しくて」

きっとまた「バカ」って言われるだろうと思ったのに初鹿野は改まった口調で「片喰」と名前を呼んだ。

「はいっ」

「何でそこで緊張するんだよ。……俺も好きだよ、片喰のこと」

「……うん」

「知ってるよな」

「うん」

でも、言葉にしてもらったら嬉しい。何度だって。自分ももっとあげたい。初鹿野に。

頑張らなくちゃ。

「あ、そうだ」

あたふたと立ち上がり、クローゼットを開けて赤いリボンのかかった包みを取り出した。

「俺に？」

「あの、クリスマス、だから」

「開けていい？」

「うん」

中身は、ピスタチオグリーンのマフラーだ。百貨店やらファッションビルを朝から晩までうろついて買った。おかげで仕事はますます押したが後悔はしていない。

「あの、俺が選んだから気に入ってくれるかどうか分からないけど……見れば見るほど分かんなくなっちゃって、よっぽど椿《つばき》さんとかに訊こうと思ったんだけど、でも、ちゃんと、自分で決めなきゃって思って」

ショーウィンドウの中には実に色んな物がきらびやかに飾られていて、知恵熱が出そうだった。そのどれもが「わたしを選んで」と声高に訴えかけてくるようで。安いよ、新しいよ、きれいだよ、と。この世には何て何でもあるんだろう、と気が遠くなる。初鹿野を思い浮かべて、似合うもの、使える物を想像してそれらをふるいにかけるのは、胸躍《おど》る作業とはいえなかった。不安で心配で、「これがいちばん」と誰かに言いきってもらえたらどんなに気が楽か。

でも、物を選ぶのもこんなに迷って惑うのだから人を選ぶのはもっとだろう、と思った。昔から初鹿野しか見えていなかった片喰とは違って、初鹿野はたくさんの可能性の中から片喰を選んでくれた。葛藤《かっとう》も逡巡《しゅんじゅん》も乗り越えて。

それに報《むく》いたい、と思う。あまりにもちいさな一歩かもしれないけれど。

「ありがとう」

滑《なめ》らかなカシミヤを手に取って初鹿野はやさしい声で言った。

「すげー嬉しい……俺も泣いていい？」

「だ、駄目だよ」

どうしたらいいのか分からなくなってしまう。

「ていうか俺、お前に何も用意してないんだけど」

「おすしくれたよ」

「いやそういうんじゃなくて——ありきたりなうえに元手かかんなくて悪いんだけど、合鍵とかでいい？　なるべくいいキーホルダーつけるから」

「えっ」

「つってもそんなにうち来ることもないか。千葉挟んでるし、微妙に俺ら遠距離だよな。でも、一応いる？」

　どうする？　と尋ねた初鹿野に片喰は一音「か」と返した。

「か？」

「神棚に飾らなきゃ……」

「それじゃ意味ねーじゃん」

　使えよ、と初鹿野は大笑いした。その笑顔に昔の面影《おもかげ》がさす。初鹿野がどんどん子どもに返っていくように思うときがある。今でも片喰の目にきらきらしている初恋の人。もっと笑ってくれますようにと思う。いつまでも。

あとがき

「あ、」とか「え、」とか三点リーダーの非常に多い攻でした。初鹿野くんとともにイラッとされた方にはすみません。まだプロットの影もかたちもないころ「しっとり大人っぽいお話とかいいですよね」と担当さまに言われて「そっすね！」と大いに賛同したものですが、いつの間にか「しっとり」が脱落してしまいました。せめてしっぽりしたかった……。

イラストをつけて下さった穂波ゆきね先生、ほんとうにありがとうございました。髪や指や服のやわらかな甘い感じがとても好きです。それでいてすばらしく「かっこいい男の人」になっているのって、一体何の魔法でしょうか。全体を眺めてうっとりして、部分部分眺めてうっとりして……繰り返しで時間が経っている幸せ。

ここまでお付き合い下さいました皆様に、いちばんの感謝を。

ありがとうございました。

一穂ミチ

✦初出　街の灯ひとつ……………書き下ろし
恋の灯ひとつ……………書き下ろし

一穂ミチ先生、穂波ゆきね先生へのお便り、本作品に関するご意見、ご感想などは
〒151-0051 東京都渋谷区千駄ヶ谷4-9-7
幻冬舎コミックス　ルチル文庫「街の灯ひとつ」係まで。

幻冬舎ルチル文庫

街の灯ひとつ

2010年12月20日　第1刷発行
2023年 4 月20日　第3刷発行

✦著者　一穂ミチ　いちほ みち

✦発行人　石原正康

✦発行元　株式会社 幻冬舎コミックス
〒151-0051 東京都渋谷区千駄ヶ谷4-9-7
電話 03(5411)6431［編集］

✦発売元　株式会社 幻冬舎
〒151-0051 東京都渋谷区千駄ヶ谷4-9-7
電話 03(5411)6222［営業］
振替 00120-8-767643

✦印刷・製本所　中央精版印刷株式会社

✦検印廃止

ISBN978-4-344-82123-1　C0193　Printed in Japan